Sans Héritage

2

L'oncle Constant part à la guerre

Lorraine ROUNTREE

FORCE
MAJEURE

forcemajeurecomin@gmail.com
www.forcemajeurecomin.com
Production Édition : Com in / Force Majeure
75 rue de Lourmel
75015 Paris
Dépôt légal novembre 2019

À ma sœur Anne avec toute mon affection.

À mon mari Ashley, avec lequel tout devient possible !

« Ce que tu as hérité de tes pères, acquiers-le,
afin de le posséder. »
Johann Wolfgang von Goethe

TABLE DES MATIÈRES

VOICI CE QUI EST ARRIVÉ DANS LE VOLUME PRÉCÉDENT

Lucien Louis Marie Fréreux est né en 1900, au hameau de La Pardaille dans le Lot et Garonne. Dans la commune, il est connu pour être le fils de Jean Fréreux, compagnon-couvreur et d'Antoinette Cadiot. Il vit simplement, comme un petit paysan. C'est un garçon doux et profond, qui vacille parfois, envahi par des peurs, des sensations étranges qu'il ne sait pas nommer. Lucien ne le sait pas mais il vient d'autre part. Il est le fruit d'une relation brève et secrète entre la jeune Félicité Fréreux, la sœur de Jean, et Yves Raversi.

En mai 1913, Jean et Antoinette Fréreux meurent, écrasés par une voiture, sur une petite route du Lot et Garonne. Sans autre parent au monde, Lucien est recueilli par Félicité - qu'il croit être sa tante - et son mari, Constant Moine, qui vient le chercher à La Pardaille.

Lucien finit de grandir en Bretagne à Chateauville. C'est une petite ville animée, qui compte plusieurs écoles, de nombreux commerces et ateliers, une cidrerie, un cabinet de médecin. Il partage son temps entre l'école, la pêche et l'épicerie-café, établissement tenu avec brio par son oncle. Il change de nom et devient Lucien Moine, désormais fils adoptif de Félicité et Constant Moine. Il a des copains : Jean-Paul, le fils d'un paysan, dont il se sent proche, Éric Sanguy, l'impétueux fils du boucher, et Jean, plus sombre, le fils du médecin.

À la maison, Félicité est intraitable. Elle veut que Lucien apprenne les manières. Il doit changer de chemise pour le dîner. Félicité lui fait perdre son accent du sud-ouest, lui apprend des mots nouveaux, lui impose des lectures savantes à voix haute. Mais elle retient son affection et prend souvent « ses grands airs ».

Félicité aime la politique et voit dans la candidature de son mari à la présidence de l'Union du Commerce, la possibilité d'un nouveau départ. Viviane, la bonne, est une cuisinière inventive, dotée d'une forte personnalité. Lucien trouve en elle une confidente.

1 LA GUERRE SERA FINIE À NOËL

15 décembre 1914

On avait dîné tôt. Viviane finissait de faire la vaisselle. Il faisait ses devoirs sur la table de la cuisine. Ce n'était pas le meilleur endroit pour se concentrer mais Lucien aimait être interrompu par des histoires de pommes de terre à éplucher, de bouillon à passer ou de linge à battre. Ça le rassurait de voir que la vie se déroulait avec des actions simples sans drame ni héroïsme. Lucien aimait bien les choses simples et tranquilles. Quand la tante l'avait trouvé là la première fois, elle avait froncé les sourcils. Après le dîner, alors que Lucien montait dans sa chambre, elle s'en était ouverte à l'oncle Constant, en portant la voix pour que Lucien ne perde rien de ses confidences.

- Lucien fait ses devoirs dans la cuisine Constant.

- Je n'y vois pas de mal Félicité.

- Tout de même Constant. Il se remet à parler comme un paysan.

- Veux-tu qu'il les fasse auprès de toi dans le salon ?

- Non. Il n'y a guère de place pour se tenir.

- Alors je ne vois pas ce qu'...

- Il pourrait les faire dans sa chambre.

- Il y fait plus froid, tu le sais bien. Que trouves-tu à redire à la cuisine Félicité ? Moi aussi, je faisais mes devoirs dans la cuisine.

L'oncle Constant avait fermé la porte du salon. Lucien n'entendit pas la réponse de sa tante. Le lendemain il s'installa dans la cuisine et fit ses devoirs avec un peu d'inquiétude. Sa tante ne vint pas le déloger ni ce soir-là, ni les autres mais elle redoubla de zèle dans les séances de lecture à voix haute et les leçons de syntaxe et de vocabulaire

Depuis le mois de septembre, il aidait Viviane à écrire des lettres à son fiancé Marcel, parti faire la guerre. Elle voulait faire bonne lettre comme on fait bonne figure. Elle rédigeait un brouillon que Lucien corrigeait. Au début elle n'osa pas mettre des mots trop doux à la fin des lettres, ce qui étonna Lucien. Il lui recommanda de dire quelque chose de gentil, d'embrasser son fiancé. Comme elle résistait, il insista, proposa *mon chéri que j'aime, je t'aime mon Marcel, je t'embrasse comme je t'aime, tu es mon grand chéri que j'adore, je t'embrasse partout...* Tout ce qu'il avait entendu dire par sa mère à son père quand ils étaient dans le lit ou qu'ils se disaient au revoir le matin, quand le père partait au travail. Viviane avait rougi très fort et lui avait tiré l'oreille en jurant qu'il était un grand dégoûtant, mais elle avait fini par recopier l'une des formules proposées par Lucien et lui en demandait d'autres quand elle était en panne d'inspiration. Lucien plongea dans sa mémoire et n'étant jamais à court d'idées, il eut une pensée reconnaissante pour sa mère qui regorgeait de mots tendres pour son père, même si elle n'en avait eu que pour lui.

- Je savaie...savaie... Faut pas un e, faut un s à la fin.

- C'est pas logique, je t'le dis.

- Si, parce que c'est l'imparfait, alors ça prend un S.

- S c'est pour quand on est plusieurs. Là, c'est que moi. Alors je mets un E. Faudrait voir à voir qu'on soit plusieurs.... Y m'entendrait.

- Alors t'es jalouse !

- Quand on aime, on est jaloux. Sinon, c'est qu'on aime pas. Faut rester simple dans les sentiments.

- Mets un S, c'est l'imparfait, à l'imparfait il faut un S.

Viviane soupira et ronchonna :

- L'imparfait...Porte bien son nom c'temps-là.

Le crayon bringuebalait dans sa main. Les mots titubaient sur le papier.

- T'y arriveras jamais si tu continues à tenir ton crayon

comme ça.

- J'arrive pas. Ma tête est pas là.

- Comment ça ta tête est pas là ?

- J'ai le crayon qui veut et la tête qui veut pas. Ou c'est p'tet ben l'inverse.

- C'est parce que ton fiancé est parti. T'es triste, tu penses à autre chose.

- Non, c'est toujours comme ça.

Lucien réfléchit.

- T'es peut-être gauchère, en fait.

Viviane le regarda.

- Ça veut dire quoi ?

- Je sais pas comment dire… que… que ta nature…

- Quoi ma nature ? Qu'est-ce qu'elle a ma nature ? demanda Viviane nerveusement.

- Elle est plus forte à gauche, dit Lucien doucement. Essaie d'écrire avec la main gauche.

Viviane le regarda étonnée. Puis elle haussa les épaules.

- P'tet ben. Mais j'ai pas appris de la main gauche.

- Essaie, je te dis.

Elle plaça le crayon dans sa main gauche. Elle recopia la phrase deux fois. L'écriture était malhabile mais Viviane respirait mieux, se détendait, ses doigts étaient moins crispés.

- Tu vas bien finir par aller où j'veux qu'taille, hein ?

- À qui tu parles ?

- À mon crayon

- T'es un peu zinzin…

Viviane garda le silence, les yeux dans le vague.

- Sal'tés de bonnes sœurs.

- Pourquoi tu dis ça ?

- J'comprends maintenant pourquoi qu'elles nous attachaient la main gauche derrière le dos. Elles disaient que c'était pour pas tacher les cahiers. Tu parles… c'était pour nous empêcher d'êt'e comme on est. Un point c'est tout. J'suis gauchère deux points c'est tout !

- Faut que tu t'entraînes maintenant. Faut faire des lignes, recommanda Lucien.

- Comme si j'avais qu'ça à faire ! dit Viviane en continuant tout de même à s'appliquer.

- Il est où Marcel ?

- En Belgique. Monsieur Constant m'a apporté une lettre ce matin. Lui qu'était pas un grand causeur, il écrit tous les quat' matins. À chaque fois j'ai les mains qui tremblent, tellement je suis dans l'inquiétude, alors j'peux pas ouvrir l'enveloppe. C'est Monsieur Constant qui l'ouvre avec son coupe-papier. Marcel il dit que ça va, qu'il a pas encore vu le danger de trop près, même si il est dans une tranchée à 200 mètres des boches. Il couche sur la paille ou par terre. Lui ça l'gêne pas, il a l'habitude, mais y'a des soldats qu'ont plus de gêne, à ce qu'il paraît. Il dit qu'il racontera tout à son retour, que la guerre, c'est pas bien d'en causer trop.

- Il va rentrer bientôt ?

- Dans le village tout le monde dit qu'on va la gagner très vite cette guerre. Mais déjà on avait dit que ça finirait c't'automne . Maintenant on dit pour Noël. Alors c'est jamais bon quand on r'pousse comme ça. Et tu vas m'dire pourquoi qu'ils font la révision des réformés des classes 1909 à 1887. Hein ? Si ça va si bien qu'ça, pourquoi qu'ils font ça ?

Lucien n'avait pas de réponse. Il resta silencieux et comptait dans sa tête. La classe 1887, ça voulait dire qu'on appelait des hommes de l'âge de l'oncle Constant. Et si son oncle allait partir lui aussi ? Il ferma ses livres et ses cahiers, rangea ses crayons dans sa trousse, mit tout dans son cartable qu'il posa près du buffet de la cuisine.

- Faut qu'jaille me coucher. Bonne nuit Viviane.

- Bonne nuit Lucien et merci. T'es un bon garçon à m'aider. Parce que Marcel j'vois bien qu'il les attend mes lettres.

Lucien alla embrasser son oncle et sa tante. L'oncle

Constant lisait *Ouest Éclair* à tante Félicité.

- *L'infériorité de l'artillerie allemande est manifeste : en maintes circonstances, elle reste inactive ou bien ne répond que faiblement et, nous dit-on, il semble que l'ennemi manque de munitions, ce qui ne l'empêche pas, d'ailleurs de gaspiller celles qu'il possède en bombardant les monuments artistiques.*

- Oh les sauvages ! commenta la tante Félicité. Ils ont fait pareil en 70. Ils ont ravagé Paris.

- Je continue ? demanda l'oncle.

- Seulement si tu as des bonnes nouvelles.

- *Parfois, son infanterie obtient certains avantages...*

- J'ai dit des bonnes nouvelles, monsieur Moine.

- Il y a un *mais...* Si tu attendais la continuation de la phrase, madame Moine, tu saurais qu'il y a un *mais.*

- À la bonne heure.

- Donc. *MAIS , tout aussitôt, une contre attaque de notre part les annihile.. Cette*

- Bien fait pour ces sales boches !

- Félicité, si tu m'interromps tout le temps...

- Excuse-moi, mais il faut quand même dire ce qui est. Sales Boches ! Ils nous ont ruinés en 70.

- L'armée française était si mal préparée Félicité que leur victoire ne m'a guère étonné.

- Sales Boches, je te dis.

L'oncle Constant soupira avec un petit sourire au coin des lèvres

- Je reprends. *Cette impuissance de nos adversaires à garder le terrain qu'ils gagnent est le meilleur signe de leur épuisement. Ils sont à bout de souffle pour mener une œuvre de longue haleine. Leur unique succès...*

Oncle Constant leva les yeux de son journal, regarda sa femme.

- Continue Constant, continue.

- *Leur unique succès c'est celui de Chauvoncourt qu'ils ont fait sauter à la mine et encore convient-il de le réduire à ses justes proportions : tout d'abord nous avons subi des pertes insignifiantes dans cette affaire, ce que l'on aurait bien dû nous dire plus tôt, 200 hommes tués, blessés ou prisonniers....*

- Insignifiantes ! explosa la tante Félicité. La mort n'est pas insignifiante pour les familles. Il faut que tu écrives au journal Constant, pour leur dire de ne pas imprimer des bêtises pareilles. Insignifiantes... Tu les vois dire à une pauvre mère, nous sommes désolés madame pour la perte insignifiante de votre fils.

La tante aperçut Lucien.

- Dis à l'oncle Constant combien tu as eu à ta rédaction.

- 9 sur 10.

- Quel était le sujet ? demanda l'oncle Constant.

- Un de vos jeunes amis vous écrit et se plaint de ne pouvoir rien faire d'utile pour la guerre. Montrez-lui que bien des choses utiles sont à sa portée.

- Je vois que tes maîtres ont rallié la cause. Non pas que leurs idées pacifistes me choquaient tant que cela. Mais tout de même c'est mieux pour le pays qu'on soit tous ensemble. Alors, de quelles choses utiles as-tu parlé ?

- J'ai raconté que j'aidais Viviane à écrire à Marcel et qu'il pouvait faire pareil avec les mères ou les épouses qui ne savent pas écrire parce que les soldats aiment bien recevoir des lettres.... Dis oncle Constant...

- Oui mon garçon.

- Viviane dit qu'ils font la révision des réformés jusqu'à la classe 1887.

- Oui, ça aura lieu à Chateauville lundi, en huit.

- Mais...

- Ton oncle n'est pas réformé Lucien, si c'est cela qui t'inquiète. Il a fait son service. A l'époque c'était par tirage au sort, n'est-ce pas Constant ?

- Oui, mais j'ai tiré un bon numéro alors je n'ai fait qu'un an. Mon frère lui a tiré un mauvais numéro alors il a fait trois ans.

- Ce n'est pas juste.

- C'est bien pour cela qu'on a supprimé le tirage au sort. Maintenant c'est 2 ans pour tout le monde

- Je ferai deux ans alors ? demanda Lucien.

- Oui, riche ou pauvre, tu feras ton devoir. Ce n'est que justice.

- Le père il a fait combien d'années ?

- Trois ans. dit l'oncle Constant en se tournant vers la tante Félicité.

- Continue Constant, dit-elle.

- Je peux rester écouter l'oncle lire le journal ? demanda Lucien

- Il ne faut pas t'inquiéter Lucien. On va les battre les boches. dit l'oncle.

- Continue Constant ! s'impatienta tante Félicité. Et oui, tu peux rester Lucien.

Lucien alla s'asseoir sur le petit tabouret devant la cheminée.

- Attends une seconde Constant. Mets un peu de soufflet Lucien. Le feu nous fait sa paresse de fin de soirée.

Il se leva, ôta le pare-feu et actionna le soufflet. Il ajouta une bûche et se rassit. L'oncle Constant reprit sa lecture.

- La nouvelle attaque que les allemands préparent dans les Flandres ne nous alarme point ; nous sommes en meilleure posture que jamais pour y répondre. Nous les dominons nettement et nous les vaincrons certainement.

- Lis-nous donc les honneurs, Constant. Tous ces braves garçons courageux, moi ça me fait le cœur tout chaud.

- Ils font leur devoir Félicité.

- Oui mais ils le font bien, mieux que d'autres. Lis-nous les honneurs, Constant. Écoute Lucien.

- *Turin, lieutenant de cavalerie, observateur en aéroplane, s'est adapté très vite à sa mission, grâce à des qualités de coup d'œil et de sang froid. Il a fait au dessus des lignes ennemies de nombreuses reconnaissances, souvent rendues pénibles par le mauvais temps.* Tu vois Félicité, ça me fait bien plaisir que les avions servent enfin à quelque chose d'utile.

- Moi je ne monterai jamais dans un engin pareil... déjà que je ne peux pas monter trois marches sans avoir la tête qui tourne. De toute façon il n'y aurait pas assez de place pour deux dans leurs aéroplanes. Tu te souviens de la fête de l'aviation à Louvigné au château Constant ?

- Oui c'était juste avant que j'aille chercher Lucien.

- Les aviateurs que nous avons vus étaient fins comme des allumettes, encore plus fins que toi Constant. Il fallait bien parce que leur coucou était petit comme un gros jouet. On aurait dit une libellule avec des roues de bicyclette et quand il a atterri, on aurait dit... tu vois Lucien le grand héron de l'étang des Rochelettes ? Quand il se pose, il rebondit. Voilà c'est cela. On aurait dit un héron. J'ai tellement ri que la Comtesse qui avait son mari dans le coucou, m'a fusillée du regard. Les comtesses, c'est toujours un peu pincé, de toute façon. Elles ne supportent pas la bourgeoisie.

Oncle Constant attendait patiemment que tante Félicité finisse de parler pour reprendre la lecture des Honneurs.

- *Noël, soldat bien que blessé sérieusement a refusé de se faire porter malade et est parti le soir même pour une mission dangereuse.*

L'oncle Constant fronça les sourcils.

- Ses chefs n'auraient pas dû le laisser faire. On n'envoie pas un blessé sérieux dans une mission dangereuse.

- Pourquoi oncle Constant ? demanda Lucien.

- Parce qu'un homme blessé n'a plus toutes les forces qui sont nécessaires pour combattre. Il peut mettre en danger tout le reste du bataillon. Le combat c'est sérieux. Il ne faut pas se laisser aller à trop de passion.

- Ils ont dû lui donner les honneurs pour l'exemple, Constant, proposa Tante Félicité.

- Je sais, mais ce n'est pas un bon exemple.

- Alors lis-nous le suivant, Constant.

- *Germain, caporal non appelé, conducteur de taxi-auto, dans la soirée du 13 septembre 1914, envoyé en avant du front pour chercher les blessés, ayant aperçu dans l'obscurité des soldats allemands couchés dans le fossé bordant le chemin s'est mis en arrière et a réussi au prix des plus grands dangers à échapper aux balles ennemies et à ramener sain et sauf le caporal qui se trouvait dans sa voiture.*

- Et celui-là oncle Constant, c'est un bon exemple ? demanda Lucien

- Excellent, excellent. En plus il est non appelé, ce qui veut dire qu'il s'est porté volontaire.

L'oncle Lucien relisait à voix basse l'histoire de Germain, caporal non appelé. Puis il porta un regard intense sur Lucien et sur la tante Félicité.

- Tu n'y penses pas Constant... dit-elle avec brusquerie.

- Si la guerre continue Félicité...

- À Noël elle sera finie.

- Mais imagine qu'elle continue.

- Je te dis qu'à Noël, on aura écrasé les boches. Et l'Union du Commerce, qu'est-ce que tu en fais alors ?

- Les élections sont reportées fin 1915. L'assemblée a préféré garder Isidore qui ne sera jamais appelé bien entendu. Et j'ai voté pour sans hésiter.

- Et c'est maintenant que tu me le dis ! Maintenant !

- Cela date de la semaine dernière, Félicité.

- Quand comptais-tu me l'annoncer ?

- Félicité. C'est la guerre.

Lucien regardait alternativement son oncle et sa tante. Son oncle était calme et concentré. Il avait l'air inspiré de quelqu'un qui a enfin trouvé une solution à un problème qui l'aura longtemps occupé. Sa tante était au bord d'une émotion plus violente. Il ne savait pas encore si ce serait de la colère, des larmes, peut-être les deux. Il sentait que là, dans le salon de la maison, un combat se livrait. La tante reprit l'assaut.

- De toute façon, tu es trop vieux. Qu'est-ce que tu pourrais faire ?

- L'oncle montra le journal, comme on tend une épée.

- Je pourrais conduire une ambulance.

La tante Félicité rit avec un grand soulagement. « *Elle crie victoire* » pensa Lucien. Puis elle assena le coup de grâce.

- Tu ne sais même pas conduire !

Mais le combat n'était pas terminé.

- Je peux apprendre. Le Docteur Pierre s'est proposé. Ce n'est pas très difficile, paraît-il.

La tante Félicité ne riait plus du tout.

- Première nouvelle. Pourquoi te l'aurait-il proposé ?

- Il est venu au café. Nous avons parlé. Il dit que dans le village il faudrait comme un chauffeur de garde, au cas où quelqu'un aurait besoin d'aller à l'hôpital.

- Et pourquoi ce serait toi ? Ce n'est pas de ton niveau tout de même. Tu n'es pas un chauffeur de maître. Quand tu seras Président de l'Union du Commerce, c'est toi qui auras un chauffeur.

- Félicité, je t'ai dit...

- Et il y a plein de jeunes gars qui ne demandent que ça, conduire une voiture.

- Ils sont à la guerre ...

- Qui sera finie à Noël.

- Nous pourrions acheter une voiture pour notre usage. Et je préfère savoir la conduire plutôt que d'en confier le volant à un jeune homme. Tu sais bien que les jeunes vont trop vite sur les routes. Nous le savons tous ici que c'est dangereux, dit l'oncle Constant en regardant Lucien.

La tante Félicité regarda Lucien et se réarma de nouveaux arguments.

- Justement ! Lucien ne peut pas perdre deux fois un père.

- C'est la guerre, Félicité.

- Tu l'as déjà dit, Constant. C'est la guerre, c'est la guerre. Quelle chanson ! Elle sera terminée à Noël, la guerre.

- Je peux être utile. Je veux être utile ! conclut L'oncle Constant en regardant sa femme droit dans les yeux. Mais tu as raison. La guerre sera terminée à Noël. Allons nous coucher.

Il se leva, replia le journal calmement, le rangea dans un panier qui recevait les papiers usagés et aida la tante Félicité à s'extraire de son fauteuil. La paix semblait revenue dans la maison.

Lucien monta dans sa chambre. Viviane avait pris les poussières et dérangé ses affaires sur la commode. Il remit en place son livre de Robinson Crusoé, sa tabatière du père, le soldat estropié et les 3 autres soldats de plomb de l'armée napoléonienne offerts par l'oncle Moine. Sur la commode il y avait eu aussi une photo de ses grands-parents posée là par Viviane sur les ordres de tante Félicité. Albertine et Jules Fréreux avaient, comme tante Félicité et comme le père, une façon de se tenir, de regarder, d'imposer leur corps, leur regard, leur existence au reste du monde. Sa grand-mère se tenait bien droite, assise sur un fauteuil précieux. Elle portait une robe claire, avec un col montant, un plastron de dentelle, des manches bouffantes jusqu'au coude, puis resserrées sur les avant-bras. Elle tenait à la main une écharpe de plumes. Son grand père, Jules, se tenait debout derrière elle, la main posée sur l'épaule de sa femme. Il portait un frac, une chemise à col cassé et un gros nœud papillon de couleur sombre. Lucien ne se reconnaissait pas dans ces postures installées et fières. Mais il y avait tout de même quelque chose, un air de famille comme on dit qui flottait ça et là sur les visages de ses grands-parents, au-dessus du col montant et du col cassé. Viviane avait fait une analyse plus anatomique.

- Tu as le nez de ton grand-père et le front de ta grand-mère. La bouche, ça doit venir de l'aut'côté.

Il s'était penché sur la photo.

- C'est pas en te collant le nez sur la photo que tu vas t'y r'connaître. La r'semblance c'est toujours une affaire de nez, de front, d'bouche et d'comparaisons. Faut qu'tu passes de l'un à l'autre pour voir à qui qu'tu ressembles. En tous les cas, ça me fait bien plaisir de voir de qui j'nettoie la tombe. La photo, j'la mets dans le tiroir Lucien, car elle prend la poussière sur ta commode. Faudra demander un cadre à ta tante.

Il n'avait jamais demandé ni de cadre ni d'explications et la photo était restée dans le tiroir dans un linceul de chemises. Depuis que Jean avait prétendu que ses grands parents s'étaient suicidés, il avait longuement regardé la photo, cherché un signe dans les regards, dans les mains, quelque chose, il ne savait pas quoi, mais quelque chose qui aurait pu lui apporter une réponse. Mais toutes ces photos étaient si composées par la volonté et les contraintes du photographe qu'il n'y avait probablement rien à en déduire. Et puis Jean n'avait-il pas dit que sa mère chantait comme un pinson la veille de son suicide. Même s'il avait découvert deux visages souriants sur le daguerréotype, cela n'aurait voulu strictement rien dire. Un soir il se décida à parler à Viviane.

- Jean il dit que les grands parents se sont suicidés.

- Ça se peut Lucien. Y sont bien à l'écart dans le cimetière…

- Ça veut dire quelque chose ?

- Les prêtres ils aiment pas les suicidés. Moi j'conteste pas mais j'en pense pas moins.

- Tu penses quoi ?

- Qu'on devrait les enterrer comme les autres. Car c'est bien du malheur de se donner la mort. Alors c'est pas bien chrétien de pas leur faire de messe ou de les mettre à l'écart.

- Jean il dit que c'est du courage de se suicider.

- Jean, il dit n'importe quoi.

- Peut-être que c'est vrai, qu'ils se sont suicidés, comme la mère de Jean.

- Moi ce que j'vois surtout, c'est que Jean il veut pas être tout seul dans le chagrin.

- Il dit aussi que mes parents … peut-être… que…

- Peut-être que quoi ?

- Qu'eux aussi ils se sont suicidés.

Viviane ronchonna en recommençant à éplucher ses pommes de terre

- Jean, y ferait mieux d'aller prier le bon Dieu qu'est là pour ça. Toi t'es pas là pour prendre tout son malheur ou faire comme si t'avais le même. J'sais bien que ta tante elle veut que tu l'fréquentes mais ça te vaut rien de bon.

Il se déshabilla et se glissa dans son lit. Il se frotta les cuisses pour se réchauffer. Il avait grandi et forci. Sa peau, le duvet sur ses bras et ses jambes avaient épaissi. Il n'avait plus l'accent de là-bas. Les monstres étaient repartis. Mais il restait sur ses gardes. Bientôt la guerre serait finie. Il pourrait s'inscrire au concours de pêche de l'étang des Rochelettes. Oncle Constant saurait conduire une automobile. Et l'année prochaine ? Les maîtres du cours complémentaire disaient qu'il pourrait continuer ses études.

Il était capable Lucien s'il voulait bien se donner la peine. Peut-être...mais là... il avait...surtout... envie... de... dormir.

Chateauville, le 25 juin 1915,

Mon cher oncle Constant,

Depuis ma dernière lettre, j'ai plein de nouvelles intéressantes à te donner. Monsieur Barthélémy a écrit depuis le front. Il nous dit que la guerre est pénible et dangereuse et que beaucoup de soldats donnent leur vie pour leur Patrie et leur famille et que nous devons respect et reconnaissance à ces braves, parce que c'est pour notre liberté et pour nous éviter de connaître les horreurs de la guerre qu'ils se battent. Il a ajouté Vive la France !

Tante Félicité va tous les jours à l'épicerie-café. Elle s'assied juste à côté de la porte, derrière une petite table sur laquelle elle a mis la caisse et le cahier des recettes. Les clients se servent tout seuls et ils payent en sortant. Ça ne marche pas trop mal comme cela. Viviane a décidé de retourner la terre devant la maison pour en faire un potager. Elle s'épuise à bêcher, mais tante Félicité dit qu'ainsi elle calme ses inquiétudes pour ce qui est de Marcel son fiancé. Le fermier du Vieux Bourg lui a donné un peu de fumier.

Tous les soirs, je compte la recette à l'épicerie café. Les additions ne sont pas bien compliquées parce que les recettes ne sont pas aussi bonnes qu'antan. Mais nous pourrons nous maintenir et cela ne nous empêchera pas de t'envoyer un colis dans quelques jours avec du chocolat, du savon et des boites de sardines.

Mon cher oncle Constant, j'espère te donner d'autres bonnes nouvelles très bientôt, car Nous attendons les tiennes avec impatience.

Affectueusement. Lucien

Le 10 juillet 1915

Mon cher Lucien,

Je t'envoie un porte-plume réalisé avec deux cartouches Lebel. J'ai fait graver ton prénom sur le côté. J'espère qu'il te plaira.

Prends en soin car c'est un brave qui l'a créé de ses mains au beau milieu d'une tranchée. Et je peux te dire qu'il y a bien du mérite à faire de l'art dans la boue, la vermine et le vacarme des obus.

La guerre dure depuis bientôt un an. Et j'espère qu'elle ne va pas durer trop longtemps car c'est un bien grand malheur d'être séparé des siens.

Prends bien soin de ta tante Félicité. Obéis-lui et donne-lui le bras le plus souvent possible.

Ton oncle Constant

2 LA MOISSON

Viviane réveilla Lucien à 5 heures. Elle n'avait pas arrangé ses cheveux et sa figure était encore molle des relâchements de la nuit. Elle posa sur la table deux bols de soupe, des tranches de pain et deux morceaux de lard bouilli.

Elle s'installa en face de lui. Depuis le début de la guerre, elle avait brûlé le peu de chair qu'elle avait, dans des crises d'inquiétude et de chagrin pour son Marcel et quelques mois plus tard pour l'oncle Constant. Puis elle avait trouvé un salutaire réconfort dans un travail acharné à la maison, à l'épicerie-café et après la messe du dimanche matin, à la ferme des parents de Marcel. Elle semblait même assez contente de son sort et avait de bonnes humeurs.

Viviane lava les deux bols pendant que Lucien finissait de manger son morceau de lard. Elle prépara une assiette de jambon, des pommes de terre et de la salade pour la tante

Félicité. Elle plaça le tout dans le garde-manger, situé dans la courette. Elle accrocha ensuite un miroir sur l'espagnolette de la fenêtre et arrangea ses cheveux en un chignon serré. Lucien regardait les petites mèches qui formaient comme une dentelle à la base de sa nuque. Ses épaules ondulaient sous le tissu de sa chemise.

- Arrête donc de me fixer comme ça Lucien.

- Je ne te fixe pas. Je finis mon lard.

- Tu crois que j'te vois pas dans le miroir ? Allez, prends ton chapeau. On va crever de chaud dans les champs. On nous attend pour 6 heures. On commencera une fois la rosée levée.

Ils prirent la route de la Bouexière et marchèrent d'un bon pas car la nuit était encore fraîche. Ils allaient faire la moisson chez la mère de Marcel, Mélanie. Depuis le début du mois de Juillet, les permissionnaires avaient proposé leur aide dans les fermes du canton. Mais comme cela ne suffisait pas, les femmes et les enfants allaient devoir s'y mettre aussi. On ferait comme en 14 quand le Président du conseil, René Viviani avait lancé son appel : *« Debout, femmes françaises, jeunes enfants, filles et fils de la patrie! Remplacez sur le champ du travail ceux qui sont sur le champ de bataille. Préparez-vous à leur montrer, demain, la terre cultivée, les récoltes rentrées, les champs ensemencés ! Il n'y a pas, dans ces heures graves, de labeur infime. Tout est grand qui sert le pays. Debout ! À l'action! À l'œuvre! Il y aura demain de la gloire pour tout le monde. Vive la République. Vive la France. »* Viviane avait répondu présente à l'appel Viviani avec un enthousiasme homonymique et quasi filial.

Jean, qui avait le rhume des foins, demanda si Lucien pouvait lui tenir compagnie. Tante Félicité s'en offusqua à la grande surprise de Lucien et de Viviane.

- Et puis quoi encore. Tu n'es pas son valet ! Tu iras à la ferme prêter main forte et patriote.

Éric et Marianne Sanguy les attendaient devant la boucherie. Éric piaffait d'impatience et d'énergie. On aurait dit qu'à lui seul, il allait sauver le pays de la famine. Marianne et Viviane marchèrent en tête, Éric et Lucien derrière. Elles finirent par se donner le bras et à bavarder tant et plus. Ils arrivèrent un peu avant 6 heures, au chant du coq, retrouvèrent Jean Paul dont la ferme jouxtait celle des parents de Marcel. Il y avait aussi Jules, le grand frère de Jean Paul, et un de ses copains de bataillon, Maurice. Avec la mère de Marcel, Lucien, Viviane et les deux Sanguy ça ferait une main d'œuvre de huit personnes, de quoi venir à bout du grand champ de blé. Viviane prit fièrement une des trois faux et partit telle une combattante prendre position, aux côtés de Jules et Maurice, qui la regardaient avec des yeux brillants et un sourire moqueur. Jules, blond comme les blés qu'il allait couper, avait une figure encore enfantine, qui contrastait avec la vigueur virile de son corps. Chez Maurice il ne restait rien de l'enfance, pas un seul trait incertain, pas une trace de douceur sur sa peau. Il avait un visage sombre de peau, de barbe et de regards, un corps maigre et musculeux.

Le travail commença. Mélanie, la mère de Marcel, Marianne et Jean Paul suivaient derrière les faucheurs. Ils prenaient les fagots, prélevaient quelques brins pour faire un lien et déposaient les gerbes par terre. Lucien et Éric les ramassaient et bâtissaient les meules. Viviane allait aussi vite que Jules et Maurice. Elle avait la même aisance, autant de force et plus de résistance. Elle ne s'arrêtait jamais. Quand elle avait remonté les manches de sa chemise, Lucien avait vu ses muscles former de jolies courbes enchevêtrées. La sueur faisait luire sa peau.

Vers les 9 heures, on fit la pause sous les chênes. Les jeunes sœurs de Marcel, âgées de 8 et 10 ans, et la vieille grand-mère apportèrent du pain frotté d'ail et des pichets de cidre et d'eau. Lucien, Jean Paul et Éric se laissèrent servir sans jeter un regard aux gamines et s'assirent aux côtés des hommes. Ensuite tout le monde alla se soulager un peu plus loin derrière des fourrés, les femmes sur la droite, les hommes sur la gauche.

Éric Sanguy lança un concours.

- Eh les gars double ration de pain pour celui qui pisse le plus loin !

- Chiche ! dit Jean Paul en s'exécutant

Éric Sanguy avança d'un pas pour ajuster son jet.

- Tu triches. C'est pas du jeu ! glapit Jean Paul. Jules… regarde… c'est pas du jeu… hein…

- Ravance d'un pas toi aussi, dit Maurice. Mais dépêchez-vous les gars. Vous allez bientôt manquer de munitions.

Lucien se laissa gagner par la joyeuse rivalité de ses camarades et gagna le concours.

- T'es parti plus tard. C'est pas du jeu… dit Éric.

- Rien ne sert de courir...commença Lucien.

- Il faut pisser à point ! hurla Jean Paul en éclatant de rire.

- Je te laisserai ton pain, rassura Lucien.

- Môssieur est trop bon, dit Éric qui hésitait encore à se fâcher parce qu'il avait perdu.

Jules et Maurice bavardaient en se reboutonnant.

- Une fausse maigre, je te parie tout ce que tu veux.

- Pas touche, Maurice, c'est la femme à Marcel. Et puis c'est ma cousine.

- On a bien le droit de regarder, non ? Elle est pas grosse mais elle est ferme et bien bâtie, elle a la taille fine et un beau derrière. T'auras qu'à te mettre en retard sur ta ligne et tu verras ce que j'te dis. Et puis y'a l'autre, la chinoise. Elle a quelque chose dans les yeux qui me dit que ce serait pas la première fois.

Jules ajusta sa ceinture et regarda longuement au loin.

- Dis, ça fait quand même du bien de se retrouver au calme hein ?

- Ouais, pas un boche à l'horizon mon frère... et pas un bruit de canon pour te casser les oreilles.

Éric et Jean Paul essayaient de monter dans un arbre.

Lucien, assis dans l'herbe, relaçait ses chaussures, prenait son temps. Il écoutait la conversation des deux jeunes hommes.

- Juste deux belles donzelles à qui j'raconterais bien quelques histoires.

- Maurice !

- Je sais. Je sais. La femme à Marcel. La cousine à Jules. La fille du boucher qu'est une vraie brute ! T'inquiète pas Jules. Je suis un soldat qu'a de l'honneur. Mais je vais pas me priver de r'garder. Y'a pas de mal à ça. Et puis, on ne sait jamais hein...

- Maurice, tu devrais pas dire ça.

- Ça fait pas mourir c'que j'dis. C'est bien autre chose qui fait mourir. T'es bien placé pour l'savoir.

Les deux jeunes hommes se firent une accolade et repartirent au champ. On travailla jusqu'à midi passé. Puis on déjeuna sous les grands chênes. Les petites sœurs apportèrent des pommes de terre cuites sous la cendre, de la soupe de lard, un plat de légumes et deux pains de 3 livres. Tout le monde mangea avec appétit. Jules et Maurice racontèrent leur voyage en train :

- On nous fourre dans des trains qui datent de la guerre de 70. Y font que bringuebaler, pire que des wagons à bestiaux. Et on fait tout un périple pour arriver là où on veut. Ça fait des jours de permission en moins c't'affaire, grogna Jules. C’est pas logique avec tout l’travail qu’y a aux champs.

- Et pendant c'temps là les officiers s'la coulent douce en seconde et même en première. Moi j'dis que c'est les soldats de la première ligne qui devraient voyager en première, ajouta Maurice

- Vous l'auriez bien mérité, approuva la mère de Marcel. Combien de temps qu'il est resté Marcel la dernière fois qu'il est venu, Viviane ?

- 2 jours.

- 2 jours en 10 mois. C'est quand même pas bésef et pis faut l'partager avec la belle fille maintenant, dit Mélanie en lançant un regard appuyé à Viviane.

Maurice haussa les épaules et reprit.

- Dans les gares on a l'impression d'être des pestiférés. Ils envoient la gendarmerie pour nous empêcher de faire les zouaves dans la ville. On n'a pas l'droit de sortir de la gare. Mais pour qui ils nous prennent ? On est bon pour le service mais pour ce qui est de notre confort, y'a plus personne qui fait que'que chose pour nous.

- Mais quand même, à l'arrière, on en fait des choses pour les poilus ! remarqua Viviane

- Ah les femmes oui, répondit Maurice. Si y'avait pas les femmes, les fiancées, les marraines on serait encore plus malheureux.

- Vous recevez les colis quand même ? demanda Marianne.

- Pas toujours. Les embusqués de l'arrière les pillent. Et le poilu en première ligne, il a rien de rien. J' vous l'dis.

- Maurice t'exagères un peu, dit Jules.

- Comment j'exagère !!! Adrien Courteau, Jean Martin, René Favel, rien que ces trois-là, de notre compagnie, ils ont pas reçu leur colis. Ça a fait du grabuge.

- Peut-être que Les Postes... suggéra la mère de Marcel.

- Elles ont bon dos Les Postes... Dire qu'il va falloir retourner dans cet enfer.

- Pour défendre le pays quand même, dit Éric en serrant les poings.

- Je ne sais pas si on arrivera petit.

- Je suis pas petit.

Les traits de Maurice s'étaient creusés et son teint avait pris une vilaine couleur grise. Pendant une minute, tout le monde resta silencieux. Lucien n'aurait pas su dire à quoi il pensait. Il n'y avait rien de précis. Il ne se représentait même pas son oncle Constant. Rien ne se fixait dans son esprit. Et cela avait l'air pareil pour tout le monde. Les regards étaient vagues. Il fallait peut-être ce passage par le vide pour se faire à cette idée d'une guerre difficile et longue, pour prendre sa part de la fatigue et de la peur des soldats. Mélanie mit fin au recueillement d'une voix douce.

- Allez mes enfants. Il fait trop chaud à ct' heure pour faucher, proposa-t-elle. Les hommes allez donc faire une sieste. Maurice, ça vous redonnera des couleurs. Les garçons, si vous alliez faire un tour à la rivière. Et vous deux Viviane et Marianne venez vous rafraîchir à la ferme. On s'y remettra tous sur le coup de 4 heures.

Tout le monde eut l'air de trouver du soulagement dans le programme proposé par la mère de Marcel. Lucien, Jean Paul et Éric trempèrent leurs pieds dans la rivière. Ils s'aspergèrent, puis s'assirent sur la rive pour remettre leurs chaussures.

- Dites, ce qu'il a dit Maurice... commença Lucien

- Il exagère. Jules l'a dit lui-même, dit Jean Paul

- Ça doit être une forte tête ou un pacifiste. Il a pas l'air d'aimer faire son devoir, ajouta Éric

- Pourquoi il irait inventer ? demanda Lucien.

- On dit pas qu'il invente. On dit qu'il exagère.

- J'sais pas.

Lucien lança un caillou dans la rivière qui délogea une truite de son abri sous la berge.

- Oh regardez. Une truite !

- Y'en a p'tet d'autres, dit Jean Paul en lançant un caillou.

- Ça vit tout seul une truite. Là c'est son terrain de chasse alors t'en trouveras pas d'autres dans le secteur, expliqua Lucien.

- Tu vas faire le concours de pêche de l'étang des Rochelettes ?

- J'sais pas s'ils vont le maintenir.

- Oh ben quand même ...la vie continue, dit Jean Paul

- J'sais pas...

Les trois garçons lançaient machinalement d'autres cailloux. Puis Éric se leva et dit d'une voix qui s'était mise dans les aigus.

- On bouge ?

Ils remontèrent la rivière. Sous les grands chênes, Jules et Maurice ronflaient bruyamment, ce qui fit rire les garçons.

- Maurice, il voudrait pas que Viviane ou Marianne le voient comme ça. Il a pas arrêté de les reluquer, chuchota Éric.

Maurice ouvrit un œil. Les garçons détalèrent et regagnèrent la ferme. Les petites sœurs jouaient à la marelle dans un coin de la cour sous la surveillance de la vieille grand-mère.

- On joue à la guerre ? demanda Jean Paul.

- Moi j'fais pas le boche. Je vous préviens, annonça Éric.

- On n'est pas assez , dit Lucien. Et puis j'ai pas envie.

- On n'a qu'à imaginer que les boches c'est les filles,

proposa jean Paul, et qu'on doit se rapprocher de leur tranchée.

- Elles vont pigner et on va se faire attraper, dit Éric

- Vous n'avez qu'à faire la même chose avec les poules, proposa Lucien.

- Comment ça les poules ? demanda Jean Paul.

- Imaginez que les boches c'est les poules.

L'idée plut aux garçons.

- Allez Lucien. Viens.

- Non, je reste là. J'suis plus un gamin.

Alors les trois garçons s'assirent par terre et jouèrent aux osselets.

Mélanie, la mère de Marcel, battit le rappel à 4 heures et tout le monde se remit au travail jusqu'à 21 heures. La chaleur était moins forte mais l'énergie du matin manquait aux moissonneurs. Viviane se mit chanter.

Quand le bonhomme va semeu son avouéne
La sème comme ci la sème comme çà
Et marionnette et marion la
La sème comme ci la sème comme çà
Et marrionette et marion la
Avouéne avouéne que la terre est amène
Quand le bonhomme va aousseu son avouéne
Quand le bonhomme va rouleu son avouéne
Quand le bonhomme

r'garde pousseu son avouéne
Quand le bonhomme va coupeu son avouéne
Quand le bonhomme va chargeu son avouéne
Quand le bonhomme rameune son avouéne
Quand le bonhomme décharge son avouéne
Quand le bonhomme va moudre son avouéne
Quand le bonhomme va tchureu son avouéne
Quand le bonhomme va mangeu son avouéne
Quand le bonhomme profite de son avouéne
Quand le bonhomme va lanceu son avouéne

Quand vint l'heure de rentrer, Jules proposa à Viviane et Marianne de les raccompagner à Chateauville. Mélanie n'y trouva pas trop à redire mais quand Maurice ajouta qu'il venait aussi, elle ronchonna.

- Les routes sont pas si dangereuses par chez nous.

- C'est pas la question du danger, Madame Mélanie. C'est question qu'on a envie de se dégourdir les jambes, dit Jules

- Après tout ce labeur dans les champs... Ça m'étonnerait ben que vous ayez encore d'la ressource.

- Laisse donc la jeunesse Mélanie. Y z'ont bien mérité de prendre un peu de bon temps, conclut la grand-mère.

Mélanie regarda la jeunesse avec méfiance et haussa les épaules. Viviane, Maurice, Marianne et Jules, côté à côte, prirent la route de Chateauville. Lucien et Éric trottinèrent derrière eux. Le groupe resta silencieux pendant quelques minutes. Puis Viviane, Marianne Jules et Maurice se mirent à parler en même temps ce qui les fit bien rire, mais ne permit pas pour autant d'engager une conversation. Le silence reprit mais les pas ralentirent. Lucien et Éric accordèrent les leurs. Il y avait un peu de lune et un beau ciel étoilé. Maurice proposa de s'arrêter pour regarder les étoiles.

Quand ils furent installés, Jules et Maurice sortirent un paquet de tabac, bourrèrent leurs pipes et se mirent à fumer. Maurice tendit sa pipe à Lucien et Éric

- Maurice, pas de ça ! intervint Viviane.

- On a tous commencé un jour, dit Maurice. Ils ont l'âge. Tenez les gamins.

- Faudrait savoir. Ils sont encore des gamins ou ils ont l'âge ?

- On a l'âge. On a déjà fumé ! affirma Éric.

- Quand j'vais dire ça au père, tu vas voir ! menaça Marianne.

- Oh vous ne ferez pas ça Mademoiselle Marianne, dit Maurice enjôleur.

Marianne minauda.

- Je disais ça pour rire. Comme si je savais pas ! Éric quand il fume en cachette. Ça sent à plein nez. Ça doit bien le faire rire le père.

Éric passa la pipe à Lucien.

- Si tu le dis, j'aurai bien d'autres choses à dire moi.

- Et quoi donc Môssieur je sais tout ?

- Oh du calme, les frangin-frangine. La nuit est si belle ! tempéra Maurice.

Chacun eut son étoile filante.

- On fait un vœu ? demanda Marianne

- C'est fait, dit Jules

- Et toi Maurice ?

- Moi aussi.

- Viviane ?

- Ça y est.

- On se les dit ? proposa Jules.

- Oh ben non...ça s'fait pas...dit Viviane

- S'il fallait jamais faire ce qui se fait pas, on changerait jamais rien. Allez c'est quoi ton vœu Marianne ? demanda Maurice

- J'le dirai pas.

- Allez... Dis nous, dit Maurice en passant son bras sous celui de Marianne.

- J'le dirai pas. Vous d'abord.

- Si je dis le mien, tu diras le tien ?

- Peut-être.

- Jure ! dit Maurice.

- Jamais d'la vie.

- Bourrique ! Tu pourrais être un petit peu gentille avec les soldats tout de même, dit-il en riant et en passant son bras cette fois-ci autour de sa taille.

- Vous d'abord ! répéta la jeune femme sans se dégager. Jules dis-nous ton vœu.

- C'est pas bien original. J'ai fait le vœu que nous revenions tous vivants de la guerre.

- Moi pareil. Qu'est ce qu'on peut espérer d'autre ? demanda Viviane

Le silence se réinstalla. Marianne frissonna. Maurice ôta sa veste, la posa sur ses épaules. Marianne prit le bras de Jules, Jules celui de Viviane. Et les 4 jeunes gens marchèrent ainsi jusqu'à Chateauville. Éric et Lucien marchèrent tout près, attirés par la liberté de leurs aînés, effrayés par les mystères de la nuit.

Le 11 novembre 1915

Cher Oncle Constant

J'ai recommencé les cours du brevet. Éric Sanguy est dans ma classe. Cela nous a fait étrange de ne plus voir Jean Paul, à nos côtés. Il travaille à la ferme maintenant.

Je suis un peu fatigué alors tante Félicité m'a dispensé d'aller à l'épicerie-café jusqu'à Noël. C'est Viviane qui va aider .

J'espère que tu vas bien et que tu ne coures pas trop de danger.

Affectueusement .

Lucien

Le 18 novembre 1915

Lucien,

Non je ne vais pas bien quand je lis que tu es fatigué. À ton âge, fatigué ? Mais de quoi donc ? Je te prie de ne pas écouter ta tante et de retourner travailler au café après l'étude, le samedi et le dimanche matin. Je vais écrire à tante Félicité dans ce sens.

Oncle Constant

Le 29 novembre 1915

Cher Oncle Constant,

Je suis retourné à l'épicerie-café et j'ai fait l'inventaire du stock. Il nous reste 3 pains coniques de sucre, chacun de 10 kilos, un grand sac de 10 kilos de gâteaux secs, 1 sac de 50 kilos de riz, 1 sac de 20 kilos de pâtes italiennes, 10 kilos de café vert à torréfier, 10 kg de chicorée en vrac, 20 kilos de sel, 3 kilos de poivre, 3 boîtes de 50 bouillon Cub, 100 boîtes de pâté Hénaff, 100 boîtes de sardines, 10 unités de papier à lettres, 10 boîtes de plumes sergent major, 30 bouteilles d'encre, 300 bougies ordinaires, une boîte et demie d'aiguilles à coudre, 30 bobines de fil blanc, 30 bobines de fil, 4 rouleaux de rouennerie, deux cartons de 100 boîtes d'allumettes, 10 litres de pétrole...Il me reste à faire l'inventaire des bouteilles.

Il paraît que tu vas bientôt avoir une permission. Affectueusement

Lucien.

Le 12 décembre 1915

Mon cher Lucien,

Ta lettre m'a réjoui et il fallait bien cela car ici tout n'est que désolation. Je ne veux pas et ne peux pas te raconter car les mots me manqueraient pour décrire le grand malheur et la grande douleur des blessés. Leurs gémissements me tiennent éveillé une partie de la nuit. Heureusement que parfois le froid dans les tranchées endort un peu leurs souffrances. À chaque chose malheur est bon, vois-tu. On se réjouit de peu. Il y a aussi des blessés qui n'ont pas de blessures physiques mais qui n'en sont pas moins de pauvres malheureux. On m'a envoyé l'autre matin chercher un bougre qu'ils avaient trouvé au fond d'une tranchée, recroquevillé comme un bébé, tremblant de froid et de peur. Il ne savait plus marcher, il ne parlait plus. Il avait des yeux vides comme ceux d'un aveugle. Il paraît que c'est de la comédie, que ce n'est qu'un tire-au-flanc. Si c'est le cas, il mérite la prison militaire. Mais j'ai du mal à y croire.

Pardonne-moi Lucien de te raconter tous ces malheurs. Il faut que tu sois digne et courageux pour que toutes ces souffrances ne soient pas vécues pour rien.

Je vous enverrai un télégramme quand je serai sûr pour ma permission

Veille bien sur tante Félicité.

Avec toute l'affection de ton oncle Constant.

Le 13 décembre 1915

Mon cher Lucien,

Hier, je n'avais plus de goût à rien alors je me rends compte que j'ai dû assombrir ta journée avec les malheurs de mes blessés. Aujourd'hui les humeurs sont meilleures.

Je te remercie pour l'inventaire. Je vais écrire à tante Félicité pour lui dire de recommander du papier à écrire, de la chicorée et puis des conserves. Ces produits seront bien utiles dans les mois à venir car il y aura sûrement de la pénurie. Cela ne peut pas être autrement.

J'ai commandé quelques tubes de peinture pour tante Félicité. Mais chut !!! C'est une surprise pour son Noël. J'ai prévenu par carte postale la demoiselle des Postes et des Télégraphes. Elle gardera le colis et te fera signe pour que tu viennes le chercher. Tu le donneras à tante Félicité le 24 décembre. Affectueusement.

Oncle Constant

3 LE FILS DE JOSEPH

Quand Lucien entra dans l'épicerie comme chaque soir après l'école, pour aider un peu, il croisa le facteur, tout sourire, qui venait d'apporter le courrier du soir. Joseph était de bonne humeur. Il avait reçu une rafale de lettres de son fils.

Joseph nettoya et sécha précautionneusement le comptoir du café sur lequel il disposa les lettres. Il regarda les dates, changea deux enveloppes de place, ajusta le tout avec le même soin et le même amour qu'il portait aux bouteilles du café ou aux conserves de l'épicerie. Il contempla longuement les missives bien alignées sur le zinc. Lucien avait l'impression qu'il n'osait plus les toucher. Il retardait le moment d'ouvrir la première, non pas par crainte d'une mauvaise nouvelle - les nombreuses lettres postérieures en date n'annonçaient rien de grave – mais par envie de jouir du simple fait d'avoir reçu du courrier de son fils. Parce qu'après tout, c'était cela qui comptait ! Dans leurs lettres, les soldats ne racontaient pas grand-chose. Et s'ils se mettaient à raconter, la censure militaire ne laissait dans les lettres que les propos ordinaires *« je vais bien, je mange bien, je vous embrasse, comment va mémé ?* » ou les mots d'affection.

Joseph prit une profonde inspiration et saisit la première lettre. Il la décacheta soigneusement avec la lame très aiguisée de son couteau. Il la lut et la reposa sur le comptoir. Il l'avait tellement bien décachetée qu'elle donnait l'impression de ne pas avoir été ouverte. Et puis il prit la deuxième, fit les mêmes gestes, dans le même ordre, avec la même précision. Il restait six lettres.

- Je les garde pour tout à l'heure, dit-il à Lucien.

- Pourquoi, Joseph ?

- Eh bien, ça me fera de la joie pour le restant de la journée. J'économise le plaisir comme qui dirait. Avec tous ces retards de poste…Allez, au boulot. On a une livraison à ranger.

Il mit les lettres en tas comme il faisait avec les cartes à jouer du café. Ils passèrent dans la remise et rangèrent les boîtes de sardines, les bouteilles de vin, les légumes secs. Lucien vérifia les quantités, repéra deux erreurs qu'il nota sur la feuille « Errata ».

- Errata comme rata ! avait expliqué son oncle au début de ses apprentissages commerçants.

Avant la guerre, Lucien notait dans un cahier qui s'appelait aussi « Errata », mais le cahier était devenue feuille, car il fallait l'envoyer à l'oncle qui rédigeait les réclamations depuis le front. L'épicier-cafetier Constant Moine envoyait une lettre même s'il manquait une simple boîte, même si le timbre coûtait plus cher que la marchandise réclamée.

- C'est une question de principe !

À 19 heures, Joseph ouvrit la troisième lettre.

- Je vais fermer Lucien. File.

- À demain Joseph.

Le dimanche matin, Joseph avait la mine plus sombre.

- Ils ont barré 5 mots et 2 phrases entières dans la dernière lettre de Loïc

- Ils font pareil dans les lettres d'oncle Constant. Comme ça on ne sait pas où il est.

- Là, y'a deux phrases entières qui sont barrées.

- Ah !

Joseph resta silencieux. Il but sa chicorée à petites lampées, précautionneusement comme s'il voulait ne laisser aucune trace du breuvage sur la tasse.

- Deux phrases, c'est beaucoup ! dit-il entre deux gorgées.

Lucien but sa chicorée lentement, pour faire comme Joseph. N'était-il pas supposé l'imiter en tous points ? Deux hommes au travail, ça ne cause pas beaucoup, ça mesure les mots, ça s'comprend sans parler. Il resta silencieux. Il décela chez Joseph un rien d'agacement. Quelle faute Loïc avait-il commise ? Quand Lucien exécutait mal une tâche, il avait le même air, le même ton sec qui invitait à faire acte de contrition puis à se taire.

- Je lui ai dit pourtant de ne pas s'apitoyer. Faut plus voir dans le boche un père ou un frère. Faut voir un boche. Si tu vois pas un boche, t'es mort.

Lucien frissonna. Joseph rinça les deux tasses. Ses mains tremblaient. Etait-ce de peur pour son fils ou de colère contre lui ?

- Sa mère lui a fait trop de tendresses, voilà ce que ça donne. Les sentiments, à la guerre, il en faut pas.

Joseph essuya ses mains. Il ne tremblait plus. Lucien pensa qu'il avait décidé d'en vouloir à sa femme et que ça l'avait calmé.

- Je vais ranger le bois dans la réserve. Ils ont livré un stère. Tu tiens la boutique ?

Lucien alla se placer fièrement sur le seuil du café. Le temps était redevenu plus clément après une semaine de pluie, ce qui avait rehaussé ses humeurs. La chaleur de La Pardaille lui manquait. Il avait oublié plein de choses mais pas cela, pas ces brises chaudes sur son cou quand il partait à l'école, même à 7 heures le matin, pas ces terres durcies puis fendues par les assauts du soleil, ces douceurs qui pouvaient renaître en plein milieu du mois de décembre quand les oies sauvages remontaient vers le nord en faisant un raffut du diable.

Monsieur Corentin le regardait depuis le perron de la mairie et lui fit signe. Il portait un costume du dimanche mais il était un peu débraillé, comme toujours. Son nœud cravate était mal fait et ses cheveux n'étaient pas coiffés.

- Bonjour Lucien.

- Bonjour monsieur Corentin. Vous voulez quelque chose dans l'épicerie ? Madame Corentin a oublié quelque chose ?

- Merci Lucien. Je viens voir Joseph.

Lucien resta silencieux quelques secondes. Monsieur Corentin ne s'impatienta pas. Il regarda Lucien. Il avait les mêmes yeux quand il rendait un devoir à un élève qui ne travaille pas, des yeux qui annoncent en même temps la colère, la déception et la résignation.

- Il est dans la remise derrière. Il range le bois, finit par dire Lucien d'une voix tremblante.

- Merci Lucien.

Monsieur Corentin frappa à la porte de la remise et entra. Sa visite dura quelques minutes pendant lesquelles la nervosité de Lucien augmenta. Il mit la main sur son cœur. Il battait fort. Il y avait déjà 5 morts dans le village de Chateauville. Pourvu que Loïc ne soit pas le sixième. Pourvu qu'il ne soit que blessé. Mais monsieur Corentin avait passé son costume noir. Il avait traversé la place d'un pas lourd et il avait sa mine des jours d'inspection.

Monsieur Corentin réapparut aux côtés de Joseph. Il posa une main sur l'épaule du cafetier, qui n'avait plus une goutte de sang dans le visage. Alors Lucien entendit ce qu'il avait redouté d'entendre. La mort revenait dans son village, plus près de lui cette fois.

- Il est mort pour la France, Joseph. Vous pouvez être fier de votre fils.

Monsieur Corentin parlait d'un ton monocorde. Mais sa main tenait maintenant fermement l'avant-bras de Joseph.

- On est sûr que c'est lui, au moins ?

Joseph avait une petite voix suppliante. Lucien pensa qu'il disait cela pour la forme, qu'il n'avait déjà plus d'espoir, que dans le ton de sa voix, malgré les mots, on pouvait déjà entendre son chagrin.

- Oui, Joseph. Il n'y a aucun doute.

- Il est pas dans une fosse commune au moins ?

- Non, ils ont aménagé des cimetières en arrière des lignes. Votre fils Loïc a une sépulture pour lui seul.

- On pourra aller chercher le corps ? demanda Joseph d'une voix raffermie par l'envie d'agir.

- Quand la guerre sera finie peut-être mais là ce n'est pas permis.

- On ne peut vraiment pas y aller ? insista Joseph presque menaçant.

- Pas tout de suite Joseph. Cela reste dangereux.

- Ma femme ne va pas comprendre.

- Je sais Joseph. Il faut lui expliquer que c'est dangereux.

Joseph regardait ses pieds. Monsieur Corentin lâcha le bras de Joseph, prit sa pipe dans sa poche. Il l'alluma. Sa main tremblait.

- Les deux phrases... chuchota Joseph. Je voudrais bien savoir...

- Les deux phrases Joseph ? demanda doucement monsieur Corentin.

- Rien. Cela n'a plus d'importance.

Joseph se retourna. Son dos se mit à trembler. Puis vinrent quelques hoquets vite contenus et un grand « *Oh* »très grave, presqu'un râle.

- Vous voulez qu'on ferme le café Joseph ? Vous pourrez aller voir votre femme. Je suis sûr qu'en pareilles circonstances, monsieur Moine…

Monsieur Corentin parlait comme il aurait marché sur des œufs. Joseph se retourna, posa des yeux sans regard sur Lucien. Il enleva son tablier qu'il garda entre ses mains.

- Je vais aller prévenir madame Moine, Joseph, proposa monsieur Corentin. Allez retrouver votre femme.

Lucien s'approcha timidement, tendit la main vers le tablier. Les yeux lui piquaient.

- À demain Joseph.

Joseph ne répondit pas. Il abandonna son tablier à Lucien, passa sa veste, regarda le comptoir. Le tiroir de la caisse était resté ouvert. Il ne le referma pas. Y avait-il un lendemain pour lui ?

Quand il passa la porte du café, monsieur Corentin posa sa main sur l'épaule de Lucien.

- Ça va être un peu difficile pendant quelques jours, Lucien.

- Je sais.

- Qu'est-ce qu'il voulait dire avec ses deux phrases, Joseph ?

- Dans la dernière lettre de Loïc, il y avait deux phrases barrées.

- J'aurais dû deviner. La censure. Cela devient absurde, cette censure. À les écouter, il ne faudrait pas parler de la guerre dans les lettres.

Monsieur Corentin s'échauffait.

- Qui sont-ils ces censeurs pour barrer des phrases entières d'une correspondance intime? Des embusqués bien au chaud dans leurs bureaux qui n'ont aucune considération pour les soldats. Deux phrases barrées ! Mais qu'est-ce qu'il disait de si grave le fils de Joseph. Qu'il avait faim ? Peur ? Qu'il était fatigué ? C'est la guerre nom de Dieu !

Monsieur Corentin ne décolérait pas.

- L'oncle Constant il a aussi des mots barrés dans ses lettres.

- C'est indigne. On le sait que cette guerre est cruelle et meurtrière. Tout le monde le sait. Cette semaine, j'ai fait quatre visites comme celle que je viens de faire. Alors tu imagines à l'échelle du pays. Alors qu'est-ce qu'ils croient empêcher avec leur censure ?

- Que les soldats révèlent leur position. C'est ce que j'ai compris, dit Lucien tout doucement.

- Mais quelle position ?! On sait exactement où ils sont. Ils savent exactement où nous sommes. Ce n'est pas un secret. Même que plus personne ne bouge !

Monsieur Corentin s'arrêta de parler. Il souffla très fort plusieurs fois.

- Je t'ai rien dit,Lucien.

- Je sais monsieur Corentin.

Le 23 décembre 1915

Mon cher Lucien,

Tu diras toute ma peine à Joseph pour la mort de son fils. Cette guerre est bien meurtrière. Tous ces jeunes gens, cueillis par l'ennemi dans la force de leur jeune âge, sont morts pour la France. Je ne pensais pas un jour imaginer que la mort était préférable à la vie mais quand je vois l'état de mes blessés, qui n'ont plus de visage, plus de jambe, plus de raison, je me dis parfois qu'il vaut mieux reposer en paix. Mais Joseph ne peut entendre cela et je le comprends. Ce n'est pas bien charitable de ma part mais je suis bienheureux que tu n'aies pas l'âge d'aller te battre. C'est une sale guerre. Prends bien soin de ta tante Félicité. Derrière sa prestance, il y a bien de la fragilité. Je sais qu'elle s'inquiète de la hausse des prix.

Ton oncle Constant

4 LES PORTRAITS MINIATURES

Tante Félicité voulut elle aussi se rendre utile. Même si avec la guerre, elle avait accepté de sortir de sa tanière et de se transporter deux fois par jour dans l'épicerie-café, elle ne s'était pas encore résolue à se joindre aux travaux d'intérêt général organisés par la mairie. Il fallait donc trouver quelque chose qu'elle puisse faire pour apporter sa contribution et préserver sa réputation. Elle eut son Euréka alors que Lucien lisait à haute voix dans le salon.

- Julien changea de couleur, il regarda Mme de Rênal d'un air singulier, et bientôt la prit à part en quelque sorte en doublant le pas. Mme Derville les laissa s'éloigner.

« Sauvez-moi la vie, dit Julien à Mme de Rênal, vous seule le pouvez ; car vous savez que le valet de chambre me hait à la mort. Je dois vous avouer, madame, que j'ai un portrait. Je l'ai caché dans la paillasse de mon lit. »

À ce mot Mme de Rênal devint pâle à son tour.

« Vous seule, madame, pouvez dans ce moment entrer dans ma chambre ; fouillez, sans qu'il y paraisse, dans l'angle de la paillasse qui est le plus rapproché de la fenêtre, vous y trouverez une petite boîte de carton noir et lisse. »

« Elle renferme un portrait ! dit Mme de Rênal, pouvant à peine se tenir debout »

- Lucien !

Lucien s'arrêta de lire. La tante Félicité interrompait tout le temps la lecture du soir pour donner son avis, ou pour réclamer plus de prononciation, plus de ton, plus de ceci, moins de cela. Pour Lucien, la lecture du soir était un plaisir quand la tante voulait connaître les nouvelles du jour. Il se délectait alors des récits de bataille et de la lecture des honneurs dans *Ouest Éclair*. Mais quand la tante avait envie de lire ou de relire un grand classique, Lucien était au supplice et les interruptions prolongeaient son martyre d'autant, alors qu'il aurait voulu en finir au plus vite avec les deux chapitres qu'il avait à lire chaque soir. Il reconnaissait que ce qu'il lisait ne lui déplaisait pas forcément, que, parfois, ça le faisait rire, réagir ou réfléchir mais les quelques passages qu'il appréciait n'étaient pas suffisamment nombreux pour faire de lui un lecteur acharné de grande littérature et un compagnon motivé et heureux des soirées culturelles de sa tante.

- Voilà... voilà... voilà, dit tante Félicité. Voilà l'idée ! Pourquoi n'y ai-je pas pensé plus tôt ? Voilà, ce qu'il faut faire.

La tante allait peindre des portraits miniatures qu'on

enverrait aux soldats. Les volontaires viendraient poser dans le salon. Et sur la base du portrait réalisé sur chevalet, tante Félicité réaliserait ensuite les miniatures. Cette organisation du travail nécessiterait de prendre les repas dans la cuisine parce que tante Félicité allait transformer le salon-salle à manger en atelier de pose. Viviane mangerait après tante Félicité et Lucien.

Le grand chambardement eut lieu le dimanche. Tante Félicité donna ordres et contre ordres. Lucien ne se fit pas prier pour obéir aux volontés variées et variables de sa tante, trop content de fermer son livre. Le chevalet trouva sa place devant une des deux fenêtres, en biais, pour recevoir la lumière du nord, filtrée par de fins voilages qui assureraient également un minimum de discrétion. On travailla longuement les hauteurs respectives du chevalet et du fauteuil, et leur éloignement l'un de l'autre. Tante Félicité avait des exigences de l'ordre du millimètre qui firent craindre à Viviane des conditions impossibles pour faire son ménage. Il fallut ensuite tout recommencer car la tante, dont l'attention avait été justement éveillée par les craintes de Viviane, demanda qu'on rajoute un tapis qui protégerait le sol des salissures et ses pieds du froid. Viviane et Lucien montèrent dans le grenier, roulèrent le tapis qui s'y trouvait, le descendirent et le battirent dans la courette, derrière la cuisine. Dans le salon, la Tante s'impatientait, *« injustement »*, pensa Lucien, compte tenu de l'efficacité avec laquelle ils avaient exécuté leur tâche. Une fois le tapis déroulé et posé, Lucien et Viviane remirent tout en place et procédèrent aux ajustements. Tante Félicité dirigea ensuite les opérations depuis son fauteuil de peintre. Elle fut satisfaite de cette première phase des aménagements et se réjouit d'avoir le feu dans le dos, la lumière par la droite et la vue sur la porte d'entrée. Lucien et Viviane respirèrent un peu. Dans l'axe de la seconde fenêtre, à peu près au centre de la pièce on posa le fauteuil Voltaire de l'oncle Constant puis on le recouvrit d'un grand drap de lin. Mais la Tante se ravisa, prise de remords de monopoliser ainsi le fauteuil de son époux. Ce n'était pas parce qu'il n'était pas là, qu'il fallait lui déranger ses affaires. Lucien et Viviane attendirent les ordres, silencieux, modestement soumis à l'imagination et aux volontés de l'artiste. Décision fut prise d'aller chercher dans la chambre l'autre fauteuil Voltaire et de placer celui de l'oncle à côté de la cheminée, à la place exacte où il se trouvait avant le grand chambardement. La Tante roucoula de joie d'en être arrivée à cette solution. On décrocha deux tableaux qui lui encombraient le regard. Viviane les posa au sol en attendant de les emporter dans le grenier. Finalement la Tante trouva qu'ils faisaient très bien là et elle demanda qu'on aille chercher dans le cagibi sous l'escalier deux toiles vierges pour compléter le décor. Une fois les toiles posées à côté des deux autres, puis à cheval, puis pour finir en léger décalage, la Tante regarda longuement son nouvel espace. Ce regard vif, qui sautait d'un meuble à un autre, qui s'éclairait puis s'assombrissait, ces deux rides entre les yeux qui se creusaient, sonnaient-ils la fin de l'emménagement ou juste l'entracte ? Lucien eut une réponse à sa question longue comme une liste de l'oncle Contant : mettre la table devant l'autre fenêtre, la recouvrir d'un drap de lin plié en autant de fois que nécessaire pour qu'il s'ajuste exactement au plateau, assurer la stabilité du plan de travail, disposer sur la table l'attirail pour les miniatures, ne pas oublier la loupe, placer le tapis sous la table, commencer par cela d'ailleurs, trouver quelque chose pour mettre sous le fauteuil de pose, pousser le buffet sur le mur attenant à la porte . Ce soir-là, Lucien et Viviane n'eurent aucun mal à trouver le sommeil.

- Oh, je n'ai plus d'yeux ce soir, se plaignit tante Félicité en se frottant les paupières.

- C'est pas étonnant. C'est depuis les petites heures de ce matin que vous êtes sur vos miniatures. Et il fait plus bien clair ici.

- Je veux les finir vite, Viviane. Les femmes veulent gâter leurs maris.

- Vous en avez fait combien à c't'heure ? J'ai l'impression qu'on a vu défiler tout le village

- 15 ? 16 ? Lucien, combien en as-tu comptés ?

- 15. Avec Viviane, ça fera 16.

- Comment ça avec Viviane, ça fera 16 ? J'ai jamais dit que j'voulais poser. C'est encore des filouteries à Lucien, ça !

- T'aurais pas besoin de poser. Tante Félicité te connaît par cœur.

- Lucien. Laisse Viviane tranquille. Elle fait bien comme elle veut.

Viviane le regarda et lui fit une grimace. Les miniatures étaient alignées sur le manteau de la cheminée de marbre.

- Oh dites, vous l'avez drôlement raboté le nez de madame Héry. Elle en a un bien plus grand que ça en vrai.

- On améliore, Viviane, on améliore. Si on peut gommer les défauts pourquoi se priver ?

- Et qui c'est cette belle personne ? Dites... c'est Marianne ?

- Non sa mère, Fernande Sanguy.

- La bouchère !!!? Mais elle ressemble pas du tout à ça !

- Elle préfère que son mari la voit sous son jour de jeunesse.

- Ah ! Si j'étais le promis de Marianne, je m'inquiéterais... Là je la reconnais bien cette-là. C'est madame Corentin, la femme de l'instituteur. Ça lui va bien cette coupe de cheveux.

- Ça t'irait bien aussi, dit Lucien

- Tu crois ? Ça fait pas un peu garçon ? Madame Félicité, vous dites quoi ? Vous aimez bien ?

- Je suis d'accord avec Lucien. Ça vous irait bien. Et ça doit être bien pratique de ne pas avoir à se coiffer le matin.

Viviane tendit la main vers la miniature de madame Corentin.

- Je peux ?

- Prenez la miniature par les bords. Ce n’est peut-être pas encore sec.

Viviane regarda longuement le portrait de la femme de

l'instituteur. Elle le reposa et ajusta son chignon.

- C'est tout petit quand même, hein ? Faut être drôlement près pour bien voir.

- L'idée c'est qu'on puisse la glisser dans la poche intérieure de la vareuse.

- Vous avez même peint monsieur Pain. J'savais pas qu'il venait pour ça.

- Ça n'a pas dû être du pain bénit, dit Lucien en riant.

Tante Félicité éclata de rire.

- Sa grosse barbe m'a donné du pinceau à retordre en effet. Et puis il n'arrêtait pas de bouger. Il fallait qu'il vienne se regarder, comme dans un miroir. Une vraie coquette...

- Dites, à qui qu'il va l'envoyer ? demanda Viviane

- Eh bien à son apprenti. C'est comme son fils, c'est ce qu'il m'a dit, répondit tante Félicité en faisant un clin d'œil.

- Oh, le grand dégoûtant !

- Comment ça dégoûtant ? demanda Lucien.

Viviane pouffa de rire.

- Ne t'avise pas d'aller tourner autour, Lucien ! dit-elle. Tu comprendras plus tard.

- J'ai déjà compris. Et je tourne pas autour, dit Lucien un peu vexé

- Vous allez en faire une pour monsieur Constant ?

- Un autoportrait ?

- Non pas un autoportrait. Un portrait de vous.

Le 26 décembre 1915

Cher oncle Constant ,

Nous avons fêté Noël avec Germaine Héry, et ses deux filles, Jeanne et Catherine. Viviane avait trouvé deux belles dindes. Elle en a cuit une pour toi et quand tu recevras cette lettre, peut-être que tu auras eu ton colis avec la dinde cuite et le gâteau. Il faudra que tu nous dises si c'est arrivé en bon état car Viviane n'était pas sûre du tout et craignait que tout soit gâché.

Avant que madame Héry n'arrive, j'ai donné ton cadeau à tante Félicité. Elle a dit qu'il n'y avait pas homme plus gentil que toi, à avoir tout si bien organisé depuis le champ de bataille.

Je te remercie pour l'avion fabriqué avec des douilles. Je l'ai mis sur ma commode à côté de mes soldats.

Affectueusement. Lucien

Le 10 janvier 1916

Mon très cher Lucien,

Le colis est arrivé en parfait état et j'ai partagé la dinde et le gâteau avec deux ambulanciers américains. Delicheusse, delicheusse... Ont-ils répété à l'envi. Cela veut dire, comme tu t'en doutes, délicieux. Tu transmettras leurs compliments à Viviane.

Je ne fais pas une longue lettre car je repars chercher des blessés.

Je te souhaite avec quelques jours de retard un bon anniversaire. 15 ans !

Avec l'affection de ton oncle.

Télégramme

Arriverai le 15 à 12 h à Chateaubourg

Le 21 janvier 1916

Mon cher Lucien,

J'ai eu bien du plaisir à passer ces quelques jours auprès de tante Félicité et auprès de toi. Tu es tellement grand. Il me semble que tu as gagné en sagesse et en sérieux. À coup sûr, le cours complémentaire te réussit. Le directeur m'a dit du bien de toi et souhaite que tu persévères. Il te sent parfois un peu lent dans tes efforts. Dès que tu sens quelque paresse t'envahir mon cher Lucien, ressaisis-toi. Mais revenons au plaisir de ces quelques jours sans les grandes douleurs et les grands malheurs de la guerre. Je suis reparti bien triste de vous laisser mais je me suis reposé. Il faut mon cher Lucien parfois être séparé de ceux qu'on aime pour comprendre combien on les aime. Continue à m'écrire.

Ton oncle qui t'aime.

Le 15 février 1916

Cher Oncle Constant,

Tante Félicité continue à peindre ses miniatures. Le photographe Monsieur Binet s'en est trouvé un peu jaloux alors maintenant il propose des prix avantageux. Mais les femmes préfèrent toujours les portraits qui ont plus de personnalité et qui permettent de corriger les petits défauts. Viviane tricote des chaussettes de laine pour les poilus. Mais Viviane ne sait pas très bien tricoter, elle saute des mailles, alors Germaine Héry, Geneviève Briel et Fernande Sanguy qui s'occupent de cette activité lui font refaire la chaussette en lui disant qu'on ne peut pas laisser de trous dans la chaussette d'un poilu. Viviane rouspète à son tour en disant que le trou n'est pas bien grand. Je suis entouré de bien d'inquiétudes !

Tu as dû apprendre par tante Félicité que Joseph s'est porté volontaire après la mort de son fils. Ils l'ont pris pour faire la cuisine aux officiers.

Bien affectueusement.

Lucien, ton neveu qui t'aime

Le 24 juillet 1916

Ma chère Félicité, Mon cher Lucien,

Je suis fier que Joseph fasse son devoir même si cela met plus de travail sur vos épaules.

Enfin, je peux prendre un peu de temps pour vous écrire. Je profite du départ en permission de Ménard, un gars de Rennes, pour lui remettre cette lettre qu'il vous postera en arrivant. Et cela évitera la censure militaire. Ici, la nuit est calme mais le temps reste mauvais. Vous avez dû avoir tellement d'inquiétude car je ne peux pas imaginer que les journaux aient pu passer sous silence tant de déchaînements. Les bombardements britanniques ont été d'une très grande intensité. Mais malheureusement cela n'a pas été décisif et les boches ont survécu. Nous déplorons des pertes immenses et je ne compte plus les blessés. Nous avons aussi des gazés. Les gaz sont de plus en plus toxiques. Avant le soldat gazé se remettait en quelques jours. Maintenant, il meurt en quelques jours. Ces gaz contaminent tout, les vêtements, la nourriture, ce qui va compliquer la vie des poilus et des antennes médicales. Je n'ai jamais cru en Dieu, on me l'a assez reproché dans le village. Et ce ne sont pas ces inventions chimiques des hommes qui vont me changer l'opinion. C'est curieux, parce que pour Ménard, le messager de cette lettre, la guerre a provoqué une réaction inverse. Il est devenu totalement bigot.

Je suis maintenant affecté à Gailley Cerisy dans un hôpital d'évacuation du front, ce qui est moins dangereux que mon poste précédent dans le groupement d'ambulance. Je ne suis plus sur le front mais à l'arrière. Je transporte les blessés dans les hôpitaux de l'intérieur. Le médecin chef, le docteur Proust - Félicité, il se trouve que c'est le frère de cet écrivain que tu aimes tant - m'a dit qu'on ne me renverrait plus à l'avant car j'ai fait mon temps et que je mérite un poste plus calme, ce qui devrait vous rassurer tout à fait. Ici, c'est terrible à dire, on invente la médecine de demain. Les chirurgiens font des miracles et on a mis au point des procédés pour que les gens n'aient plus mal quand on les opère. On appelle cela l'anesthésie. Mais je dois dire que le sourire des infirmières est très important pour le moral des blessés. Il faut aussi que je vous dise tout le courage des brancardiers qui malgré leur grande fatigue, bravent le danger, courent comme des dératés dans les champs d'avoine et de betteraves pour regagner une route, avec les balles qui sifflent tant et plus autour d'eux, en essayant de faire le moins de mal possible à leur blessé. Et quand ils ont atteint une route, ils sont souvent obligés d'aller à pied rejoindre la division pour remettre leur blessé parce que le camion est parti depuis belle lurette.

Mais je vous ennuie avec mes histoires de guerre. Je pense bien à vous et il me tarde de venir vous retrouver lors de ma prochaine permission. J'espère Lucien que tu travailles bien. Félicité, ne t'inquiète pas au-delà du raisonnable car monsieur Raison, le directeur de l'école, porte bien son nom. Il prépare bien Lucien à sa vie de demain.

Mais je vais cesser de me lamenter et vous embrasser bien affectueusement.

Constant.

Le 15 août 1916

Cher Oncle Constant,

Je suis bien triste aujourd'hui car j'ai appris la mort de mon ancien instituteur, monsieur Barthélémy. Ils ont mis un voile noir sur la porte de l'école et ils ont installé une table et un grand cahier pour qu'on écrive des condoléances ou des souvenirs. J'ai raconté mes débuts dans la classe et la façon dont le maître avait tout de suite arrêté les ricanements quand les élèves m'avaient entendu parler avec mon accent.

Tante Félicité ne veut plus que tu me racontes toutes les horreurs de la guerre. Mais moi je ne suis pas d'accord.

Affectueusement

Lucien.

Le 28 août 1916

Cher Lucien,

Je suis triste pour ton instituteur. C'était un vrai hussard noir, un vrai de vrai.

Je n'aime pas ton expression « je ne suis pas d'accord ». Tu dois encore, Lucien, te ranger à l'avis de ta tante.

Oncle Constant.

5 LES CLIENTES DU CAFÉ

On ouvrait l'épicerie le matin de 9h à midi et l'après-midi de 15 h à 19 h, ce qui permettait à Viviane de faire son ménage. Tante Félicité tenait la caisse jusqu'à l'arrivée de Lucien après l'école. Viviane s'occupait alors du café et Lucien de l'épicerie. L'Oncle Constant avait augmenté les gages de Viviane pour le surcroît de travail. Il avait demandé qu'on tienne pendant les premières semaines un registre des clients et des consommations du café avec les heures d'arrivée et de départ pour vérifier que sa nouvelle organisation ne créait pas trop d'embarras pour les clients ni de pertes pour le commerce. Les hommes partis à la guerre, la clientèle masculine du café avait fondu. Mais les femmes, enhardies par leur nouvelle autonomie avaient pris l'habitude de se réunir au café pour tromper leur solitude et se donner des nouvelles. L'oncle Constant, informé par la tante Félicité, loin de s'en formaliser avait fait preuve de pragmatisme et commandé de la limonade et des sirops pour satisfaire sa nouvelle clientèle. Viviane avait suggéré de vendre dans le café les gâteaux secs de l'épicerie. Avec tous ces aménagements, les recettes des deux commerces n'avaient pas autant baissé que l'oncle Constant l'avait craint. On faisait suffisamment de bénéfices pour payer les factures et mettre un peu de côté.

Joseph en permission reprit sa place au café, avec la bénédiction de la tante Félicité et les remontrances jalouses de Viviane, qui, ayant pris goût à la vie du commerce, voyait d'un mauvais œil cette reprise d'activité. Employé dans une cuisine d'officiers, Joseph avait bonne mine et n'avait pas la même hébétude que beaucoup de permissionnaires, ce qui n'arrangeait pas Viviane, qui ne trouvait guère moyen de préserver son nouveau territoire.

- Pourquoi il y a autant de sirops ? demanda Joseph. C'est pas des boissons de café.

- T'auras qu'à demander au patron ! dit-elle avec agressivité. C'est lui qui les a commandés.

- C'est pour les femmes, expliqua Lucien.

- Les femmes ? Quelles femmes ?

- Les clientes du café.

- Les femmes viennent au café maintenant!

- Ah ben heureusement qu'elles sont là les femmes ! On aurait mis la clé sous la porte sans les femmes et t'aurais plus de boulot. Au chômage le Joseph ! dit Viviane en ricanant.

- Pourquoi tu t'énerves comme ça ?

- Je m'énerve pas.

- Si tu t'énerves. Hein Lucien, qu'elle s'énerve ?

- Demande pas au gamin, c'est pas ses affaires.

- Hé, je suis plus un gamin, moi. Et tout ça c'est mes affaires autant que les tiennes, répliqua Lucien d'un ton agacé et autoritaire qui l'étonna lui-même.

- Bienvenue chez les hommes Lucien, dit Joseph.

- Viviane passa côté épicerie. Joseph se mit à chuchoter.

- Eh ben dis donc. Elle a besoin de son homme. Je peux bien te le dire maintenant que t'es plus un gamin, une femme quand ça a des humeurs comme cela, c'est soit qu'elle est dans sa semaine, si tu vois ce que je veux dire, soit que son homme lui manque. Ça fait longtemps que Marcel a pas eu de permission?

- Très longtemps. Ils ont dû repousser le mariage.

- Ah, j'comprends mieux les humeurs de Madame.

- Ça n'arrive pas souvent les permissions. Oncle Constant il n'est pas revenu depuis le mois de Janvier.

- Ça je sais. Les officiers arrêtent pas d'en parler parce que si t'as pas de permission, tu perds le moral et quand tu perds le moral, t'es plus un bon soldat.

Viviane apparut dans l'encadrement de la porte

coulissante. Elle regarda Joseph et Lucien avec méfiance puis elle s'effaça pour laisser entrer Germaine Héry, sa fille Catherine et sa fille aînée, Jeanne, qui portait le deuil de son mari, mort 9 mois auparavant, ce qui ne l'empêchait pas de venir au café. Les jeunes femmes endeuillées étaient si nombreuses dans le village, que la communauté avait fini par faire preuve de tolérance et réduit tacitement de quelques mois le délai de décence au-delà duquel on pouvait se remettre à rire et penser à un avenir. Les jeunes veuves s'habillaient toujours de noir, portaient des bijoux de jais ou en bois noirci mais, une fois les premières douleurs digérées et la décence préservée, elles se remettaient à vivre normalement, prises dans l'énergie du travail et de leurs désirs juvéniles. Seuls, les soldats en permission et quelques bigots s'offusquaient de ces nouvelles manières.

- Lucien, viens m'aider ! ordonna Viviane, restée sur le seuil de la porte coulissante.

- Joseph a besoin de moi.

- Ta tante et ton oncle ne veulent pas que tu traînes au café. Viens m'aider !

- Viviane, qu'est-ce qu'il y a de mal à traîner au café ? demanda Germaine Héry avec un petit sourire.

- J'dis pas ça pour vous madame Germaine. J'dis ça pour Lucien. J'fais ce qu'on m'dit, moi.

- Lucien n'est plus un enfant, dit Joseph.

Viviane eut un regard circulaire sur l'assemblée et probablement convaincue qu'elle n'avait rien à gagner à se battre, elle haussa les épaules.

- C'que j'en dis moi !

- Alors Joseph, demanda Madame Héry, dites-nous un peu comment ça se passe au front.

- Vous savez, j'peux pas trop en parler.

- Il fait la tambouille pour les officiers, expliqua Viviane, toujours plantée au beau milieu de la porte coulissante.

- Oh mais c'est très intéressant. Vous devez en apprendre beaucoup, dit Germaine Héry.

- Ça c'est sûr. Mais j'peux rien dire, Madame Germaine. Quand on travaille pour les officiers, on signe un papier.

- Il y a tant que ça à cacher ?

Joseph resta silencieux.

- Et qu'est-ce que vous leur faites à manger? demanda Jeanne.

- Oh j'arrive à varier, expliqua-t-il fièrement. À chaque repas, je fais du bouillon au vermicelle et avec ça il y a un plat de viande, du ragoût de bœuf, du mouton, des bifteck, de la poitrine farcie ou une omelette et puis je rajoute des légumes, du chou-fleur en salade, des carottes, ou bien des haricots au jus et si j'en trouve je mets de la salade. On finit avec du fromage et des biscuits.

- Eh bien dites-moi ! Ça donne envie d'être officier, dit Jeanne.

- Et à quoi elle ressemble votre cuisine ? demanda Germaine Héry.

- Ma cuisine ? Ah pour ça c'est pas du brillant. Une cabane de 5 mètres carrés à tout casser, 4 planches, un toit de tôle et j'ai même pas de cuisinière. Je fais la popote sur le feu. Et puis je dois tout remballer si on décampe. Je mets tout dans une cantine et je m'installe autre part.

- Et bien, Joseph, avec si peu, vous faites des miracles. dit gentiment Germaine Héry. Vos officiers doivent être contents de vous.

- Vous pourriez ouvrir un restaurant quand vous rentrerez, remarqua Catherine.

Puis elle fit un geste devant elle pour dessiner une enseigne imaginaire.

- Chez Joseph, cuisine d'officiers.

Lucien, tout juste adoubé par Joseph dans le clan des hommes s'intéressa à Catherine. Aussi grande que sa mère et sa sœur, Catherine avait un très joli visage, très doux et des cheveux fins de couleur blond cendré. Elle était dotée d'une belle poitrine, qui trônait sur un corps bien fait. Elle croisait souvent ses bras comme pour se protéger mais le geste soulignait l'opulence de ses seins. Elle voulait passer son brevet supérieur pour devenir institutrice. Le départ de son père l'avait bien arrangée car il n'était plus là pour réduire ses prétentions et Catherine avait eu la chance de trouver en sa mère et sa sœur des alliées admiratives.

- Ouvrir un restaurant. Oh oui Joseph, ça c'est une

bonne idée, Catherine. *Joseph, Cuisine d'officiers !* Vous pourriez en parler à monsieur Moine. Il vous aiderait peut-être, ajouta Germaine Héry.

- On a déjà bien à faire avec le café et l'épicerie. Et puis... il faudrait qu'on retrouve du passage et de l'animation à Chateauville pour que ce soit rentable.

- Ça vous avez raison. Avec cette guerre, on n'a plus guère d'activité. Allez, ça aura bien une fin. Vous repartez quand Joseph ?

- Lundi. Et Monsieur Théophile. Vous avez de bonnes nouvelles ?

Germaine Héry n'eut pas la possibilité d'en donner, car quatre nouvelles clientes, pour certaines accompagnées de leurs filles, entrèrent dans le café par la porte coulissante. Il y avait Geneviève Briel, la bijoutière et sa fille Claire, Fernande Sanguy, la bouchère avec sa fille Marianne, Alice Caille, une retraitée des postes et Lucette Corentin, la femme de l'instituteur.

- Ah vous voici !

- Excuse-nous Germaine. On a emballé du pain pour les soldats à la mairie. C'était plus long que prévu. Vous êtes là Joseph. En permission ?

- Y'a pas de mal Geneviève.

- Bonjour madame Briel. Oui en permission.

Pour Joseph, tout ce remue-ménage féminin dans le café

était nouveau et surprenant. Il promenait un regard étonné sur la salle comme s'il cherchait une présence masculine qui l'aurait assuré que non, il ne rêvait pas, que oui il était bien dans son café, à Chateauville, même s'il n'y avait plus les contremaîtres de la cidrerie, les représentants de commerce, les instituteurs, les employés de la mairie, le bedeau de l'église et bien d'autres, tous poilus désormais. Lucien lui avait assuré que le vieux Marcel était toujours fidèle et qu'il venait s'attabler de 4 heures à 7 heures, mais ce jour-là il était parti aider sa fille à Domagné. Alors Joseph n'avait aucune figure familière à laquelle se raccrocher – fût-elle celle d'un pauvre vieux – pour avoir le sentiment d'être retourné à sa vie normale. L'amicale des femmes de Chateauville de soutien aux soldats avait succédé à l'amicale des pêcheurs de l'étang des Rochelettes. Comme toutes les autres associations du village, elle avait son siège au café et venait ce jour-là y tenir réunion.

- Tu aurais pu me dire, chuchota Joseph à Lucien derrière le bar. Qu'est-ce que je vous sers Mesdames ?

- Constant nous a commandé du sirop de framboise, dit madame Briel. Vous l'avez reçu ?

- Hier. Il est à côté des autres, cria Viviane depuis l'épicerie.

- Ce sera sirop de framboise pour tout le monde ?

- Je préfère la menthe. Je la digère mieux, dit madame Sanguy.

- Et moi je reste sur l'orgeat, dit Germaine.

- Et pour les jeunes filles ?

- Menthe, dit Catherine.

- Moi aussi, dit Jeanne.

- Oh Vous devriez essayer framboise, recommanda Geneviève Briel. On ne l'aura pas acheté que pour moi tout de même. Vous mettrez de la framboise pour ma fille, Joseph.

- Ce qui nous fera donc deux framboises.

- On peut mélanger, Framboise Cassis par exemple ? demanda Marianne.

- C'est possible, dit Joseph.

- En fait… Non… En fait je préfère cassis.

Joseph retrouva Lucien derrière le comptoir.

- Viviane, elle prend un petit carnet pour ne pas se tromper, chuchota Lucien.

- Qu'est-ce que tu crois ? Que je vais me laisser dépasser par deux menthes, deux framboises, 2 orgeat, 1 fraise et 1 cassis et 1 verre de cidre pour la postière. N'oublie pas à qui tu as à faire, jeune homme ! *Joseph, cafetier pour dames.*

Lucien rigola.

- Passe-moi les sirops au fur et à mesure. Ensuite, une fois que j'aurais servi, tu essuies le goulot avec un chiffon humide et puis tu les remets en place sur l'étagère.

« *Qui se ressemble, s'assemble* ! » pensa Lucien en s'exécutant avec beaucoup de soin car il prenait plaisir, comme avec son oncle Constant, à obéir à des ordres simples et précis qui ne lui demandaient pas grande réflexion. Il s'appliquait d'autant plus qu'il sentait sur lui les regards de Claire, la fille du bijoutier. Il se redressa, fit tout ce qu'il pouvait pour avoir des gestes précis en même temps que l'air indifférent d'un grand professionnel de la limonade. Ce qui n'était pas facile car il ne servait pas souvent au café et ne connaissait pas bien les emplacements pour les verres. Il n'avait pas cette quotidienne habitude qui donne tellement d'aisance et d'élégance à des gestes simples. Mais Claire n'avait pas l'air de le remarquer ou de lui en tenir rigueur et ne cessait de le regarder. Il faut dire qu'elle n'avait que 12 ans. C'eût été bien autre chose avec Catherine. Mais celle-ci lui tournait le dos. Il était étonné de découvrir que son avis lui importait, qu'il n'aimerait pas lui déplaire.

Joseph apporta les sirops.

- Le compte est bon, mesdames ?

- C'est parfait Joseph. Merci.

Ces dames regardaient Joseph sans reprendre leur conversation. Il toussota sa gêne et retourna derrière le comptoir. Madame Briel déroula l'ordre du jour de l'association.

- Collecte de vieux chandails dans les foyers pour confection des chaussettes, organisation des colis de Noël, et Mesdames, nous devons aussi nous déterminer sur la manière dont nous voulons continuer à être des marraines de guerre pour nos braves soldats.

- C'est une honte le procès qu'on nous fait ! glapit Alice Caille en manquant de s'époumoner parce qu'elle avait de la colère et qu'elle avait avalé son verre de cidre de travers.

- Il y a eu des débordements tout de même, précisa Madame Briel.

- Regardez l'annonce que j'ai relevée dans *Ouest Éclair.* Je l'ai recopiée. Mais je peux vous apporter le journal si vous ne me croyez pas, dit Fernande Sanguy.

- On vous croit Fernande. On vous croit. Lisez ! ordonna Geneviève Briel

- C'est à rougir. Je vous préviens. *Poilu, peu de barbe, désire une gentille marraine pour lui écrire et plus en permission. Brune ou blonde, qu'importe mais dame du monde distinguée. Je serai pour toi le plus affectueux et le plus discret des filleuls.*

- Pas étonnant que les pères la morale …remarqua Jeanne. Mais comment faire ? Parce que ça leur fait plaisir aux poilus…

- C'est bien pour cela que nous devons éviter tout débordement, dit Madame Briel.

Un court silence envahit le café. Ces dames réfléchissaient. Joseph qui nettoyait les tasses de café du matin leva le nez.

- Nous pourrions nous réunir pour écrire nos lettres, reprit Geneviève Briel. A plusieurs, on s'épanche moins et on pourrait s'aider les unes les autres si on a un doute.

- C'est pas pratique Geneviève car moi j'écris le soir dans mon lit après mes lettres à mon Théophile, remarqua Germaine Héry.

- Moi aussi, dit Lucette Corentin. Dans la journée, je n'ai pas le temps.

- On peut créer un comité de relecture, proposa calmement Catherine.

Les femmes la regardèrent intriguées. Lucien écouta plus attentivement.

- Qu'entends-tu par là Catherine ? demanda Geneviève Briel.

- Ils ont ça dans les journaux ou chez les éditeurs. Nous nous mettons d'accord sur des principes de rédaction et nous corrigeons les lettres si nous dérogeons aux principes.

- Qu'est-ce qu'elle parle bien ma fille ! dit Germaine avec fierté.

Derrière le comptoir Lucien partageait le même avis. Catherine parlait bien. Il aimait sa voix posée, les mots qu'elle utilisait avec simplicité sans avoir l'air d'en être trop fière. Elle n'avait que seize ans et on l'écoutait avec respect et intérêt. Il ne la trouva ni poseuse, ni crâneuse. Avec sa belle poitrine et ses bonnes idées, elle lui sembla parfaite.

- Comme à l'école, dit Lucette. Moi je suis d'accord.

- Eh bien Moi, pas du tout, dit fermement Alice Caille.

J'ai 60 années bien sonnées et c'est pas à mon âge que je vais retourner à l'école. J'écris ce que je veux, comme je veux et si je fais du plaisir à un pauvre poilu dans le fond de sa tranchée, c'est que du bien pour lui, pour sa compagnie et la nation toute entière et pour moi par-dessus le marché car ça fait toujours plaisir de faire plaisir. Alors j'en veux pas de votre comité.

- Qu'est-ce que vous appelez faire du plaisir, Alice ? demanda Fernande Sanguy, rougissante.

- Fernande, vous n'allez pas faire la mère-la-morale à votre tour.

- Mesdames, mesdames... tempéra Geneviève Briel... Ne nous donnons pas en spectacle devant ces messieurs.

Lucien vibra d'être appelé Monsieur devant Catherine.

- Il ne faut pas leur donner des idées. Voilà tout ! dit Germaine Héry. Surtout nous autres mesdames.

Elle adressa un petit sourire ironique à ses congénères et à Madame Caille.

- Ils seraient bien déçus de voir que leurs tendres marraines ont l'âge d'être leurs mères voire leurs grand-mères.

- Mais c'est ce que nous sommes ! affirma Fernande avec la rude candeur d'une personne qui ne comprend pas entre les lignes.

- Joseph, qu'est-ce qu'on en dit des marraines sur le

front ? demanda prudemment Geneviève Briel pour sortir le débat du cercle des femmes.

Joseph arrêta d'essuyer ses verres.

- Les soldats aiment bien. C'est l'armée qui rechigne. Ils ont même parlé d'interdire les marraines.

- Oh!!! s'écrièrent les femmes en chœur.

- Et pourquoi donc en arriver là ? demanda Jeanne.

- Ils disent qu'il y a des espionnes.

- Oh!!!! s'écrièrent de nouveau les femmes.

- Le 2ème bureau a enquêté.

- Le 2ème bureau ? demanda Fernande.

- Le service de renseignements de l'armée française.

- Enquêter ? Comment ça ? demanda Jeanne.

Catherine prit de court Joseph et répondit à sa place.

- Ils ont dû publier des annonces, engager une correspondance pour débusquer les femmes à la solde de l'ennemi.

- C'est cela Joseph ? demanda Jeanne.

- Mademoiselle Catherine a vu juste. Mais ils n'ont rien trouvé. Alors...

Les femmes soupirèrent et passèrent au sujet suivant

oubliant qu'elles n'avaient rien décidé pour le comité de lecture. Elles commandèrent une seconde tournée de sirops et un pichet de cidre pour madame Caille et chacune voulut essayer un parfum nouveau. Joseph demanda à Lucien de débarrasser la table pendant qu'il préparait la nouvelle commande.

Le chemin du comptoir à la table lui parut interminable. Il allait vers l'inconnu. Heureusement, les femmes échangeaient sur la quantité de laine dont elles avaient besoin, sur la façon dont elles collecteraient les vieux chandails et dont elles s'y prendraient pour procéder au détricotage. Personne ne faisait attention à lui sauf Claire dont les regards accompagnaient tous ses gestes. Pour ne pas s'en trouver gêné, Lucien les considéra comme une aide invisible qui l'aidait à accomplir une tâche qu'il considérait comme hautement périlleuse : desservir 9 verres, les poser sur un plateau, sans rien renverser, sans rien déranger, ni les conversations, ni les sacs, ni les papiers sur la table. Catherine prenait des notes dans un cahier d'école. Elle avait une belle écriture d'institutrice et n'avait fait aucune rature. Lucien avança la main, près, tout près du cahier, pour prendre le verre de Catherine. Il voyait sa propre main, il voyait le cahier, il voyait la main de Catherine, à quelques centimètres de la sienne. Il ne voyait plus que cela. Il n'entendait plus que le bruit de la plume sur le cahier. Catherine plaça un point à la fin de sa phrase, releva la tête, regarda Lucien, plaça sa main sur la main de Lucien et sourit.

- Merci Lucien. Mais je n'ai pas fini.

- On va vous en donner un tout frais, Catherine, dit

Joseph. C'est la maison qui vous l'offre.

Lucien emporta le verre de Catherine. Cela n'avait été qu'un effleurement mais cela avait existé. Il eut envie d'aller rejoindre Viviane à l'épicerie pour échapper à ses émotions mais il ne bougea pas, le regard aimanté sur le dos de Catherine.

Et puis on entendit Marianne, la sœur d'Éric Sanguy, la fille de la prude Fernande Sanguy annoncer d'une voix décidée, dans un silence de conversation, qu'elle partait à Paris. Sa mère la regarda sans bien comprendre. Toutes les femmes s'étaient figées dans un silence étonné. Fernande se mit à interroger sa fille.

- Comment ça tu pars à Paris ?

- Ils ont besoin d'ouvrières à l'usine d'obus.

- Mais tu n'es pas ouvrière !

- Je ne suis rien du tout.

- Oh ma petite fille, tu n'es pas rien du tout. Tu es très utile dans notre amicale, dit Germaine Héry. Et puis tu as tes cours de dactylographie.

- Ils sont annulés depuis la rentrée, précisa Fernande.

- Je veux faire autre chose que des chaussettes. C'est pas avec des chaussettes qu'on va gagner la guerre. C'est avec des canons et des obus.

- Ça c'est sûr ! approuva la postière que Fernande Sanguy mitrailla du regard.

- Ce n'est pas un travail de femme, rétorqua Lucette.

- Elles sont déjà 2000 à l'usine Renault à Paris. Et on embauche. C'est bien payé et je partagerai une chambre avec Monique.

- Ta cousine ? Monique c'est la fille de mon frère, expliqua Fernande Sanguy.

- Tu pourrais au moins devenir dactylographe, suggéra Germaine Héry. Il y a peut-être des places dans une bonne maison, plus près de chez toi.

- Et qui c'est qui va payer ton train ? demanda Fernande.

- C'est l'usine qui avance. Et ils se remboursent sur le premier salaire.

- Tu as déjà pensé à tout, à ce que je vois, dit Geneviève Briel. Et ta maman, tu y as pensé ?

- On a rappelé Paul, l'ancien boucher. Et c'est pas comme s'il y avait l'activité d'autrefois.

- Oh il tremble tellement sur ses couteaux que j'ai peur qu'il se transperce les veines.

- Éric le remplacera. Il se débrouille très bien à la boucherie. Il est fort et courageux.

- Ça c'est vrai ! acquiesça fièrement Fernande.

- Il est encore jeune, insista Geneviève. Il doit finir le cours complémentaire, passer le brevet peut-être.

- Il a presque seize ans. A seize ans on peut même être soldat. Beaucoup trichent sur leur âge pour aller faire leur devoir.

- Oh ! Dieu nous en préserve, dit Fernande Sanguy. Et ton père ...

- Il a rien à dire. J'ai 21 ans. Et puis c'est pour lui et les poilus que j'le fais. Je lui écrirai.

- Comment ça tu lui écriras ? Mais quand pars-tu ma fille ?

- Demain par le train de 9h.

- Oh doux Jésus, Jésus Marie Joseph...

- Tu as raison Marianne, conclut Catherine.

Lucien ajouta bien fort depuis son comptoir :

- Bravo.

Catherine se retourna. C'est exactement ce qu'il avait désiré.

Le 30 septembre 1917

Mon cher Lucien,

J'ai vu mon premier char d'assaut. Ici ils disent Tank. C'est plus grand que deux voitures réunies. Ils ont dû faire une sacrée tête les allemands quand ils ont vu le char au dessus de leurs tranchées. Ils ont eu beau s'agiter sur leurs mitrailleuses, rien n'y a fait.

Tu vois, mon cher Lucien, cela me redonne de l'espoir.

Ton Oncle Constant

6 LUCIEN TOMBE AMOUREUX

Dans la nuit on avait changé d'heure.

Geneviève Briel avait pour l'occasion organisé une vente promotionnelle de montres qui avait eu du succès. Elle s'était dit que c'était le bon jour pour faire de la réclame et attirer les clients dans son commerce. Tout le monde ce jour-là ne parlait que de l'heure. Dans le même esprit d'à-propos, elle avait considérablement augmenté sa collection et son stock de bijouterie-deuil. Ce qui fait que la petite boutique, jusque-là modestement tenue par son mari avait pris de l'ampleur. Mais comme Geneviève Briel pratiquait de bons prix, le village ne l'avait pas traitée de profiteuse. Viviane avait acheté une montre pour Marcel. A sa demande, Lucien l'avait accompagnée. Lucien aidait Viviane à bien des choses, à la correspondance, à la consolation et à la confection des colis.

Il sortit de son lit à 6 heures, heure nouvelle. Impossible

de dormir une heure de plus - il avait largement son compte de sommeil et surtout d'impatience. À minuit 59, on avait arrêté l'horloge de la mairie et celle de la gare et fait revenir les aiguilles à minuit. Mais comme le bedeau était à la guerre, on n'avait pas encore procédé aux modifications dans l'église. On sonnait les 7 heures alors qu'il n'était que 6 heures. Plus tard dans la journée il y aurait sûrement de la confusion dans le village, surtout avec cette église qui avait gardé son avance sur le temps officiel. Tante Félicité avait décidé qu'elle ne comprenait rien à tous ces calculs et ces directives – on gagne une heure, on perd une heure, on avance les pendules, on les retarde – et qu'elle continuerait à se fier à l'heure sonnée par l'église parce qu'elle avait toujours réglé ses journées au son des cloches, même si elle n'était pas religieuse pour trois sous. Viviane, qui prenait son dimanche pour aller aider chez les parents de Marcel, s'était demandée si le curé allait remettre sa pendule à l'heure dans la journée parce que sinon, ça allait poser bien des soucis pour tout le monde dès le lendemain.

Lucien se lava le visage et les mains à l'eau froide. La veille il avait pris un bain de pied dans la cuisine et s'était rasé, ce qu'il faisait désormais tous les samedis depuis 3 mois. Sa barbe avait durci. Il enfila un pantalon gris, une chemise à col, ajusta ses bretelles. Il s'humecta les cheveux, refit une raie bien nette sur le côté gauche. Il mit des chaussettes chaudes et ses chaussures montantes. Il descendit l'escalier doucement pour ne pas réveiller sa tante. Viviane buvait un bol de soupe debout contre la cuisinière. Elle était endimanchée pour la messe. Le bol de Lucien était déjà servi et ses deux tranches de pain étaient posées sur une assiette. Il sourit et s'attabla. Ils restèrent tous les deux silencieux. C'était ainsi chaque matin. Viviane alla prendre le casse-croûte de Lucien dans le garde-manger et le plaça dans son sac de pêche.

- Je t'ai mis...

- Je sais... Je t'ai déjà dit que c'est pas la peine.

- Mais moi je sais qu'aujourd'hui c'est la peine.

Lucien la regarda intrigué.

- Ah on fait moins le malin. Tu veux que j'te dise ? Tu m'donnes combien pour que j'te dise?

- Viviane...accouche !

- Madame Héry, est partie hier avec Jeanne à Rennes.

- Pour faire quoi ?

- Elles vont aux grandes journées de bienfaisance. Mais si tu veux mon avis... j'pense qu'elle veut de la bienfaisance pour sa Jeanne.

- Ça veut dire ?

- Qu'elle lui cherche un nouveau mari, pardi.

- Et Catherine ?

- Si elle y était avec les autres à Rennes j'aurais pas mis deux casse-croûte. Ça fait un an que tu soupires. Faut te déclarer.

L'église sonna.

- Faut qu'j'y aille. Ils sonnent la messe.

- Non, il est que 7 heures. Ils sonnent 8 coups mais il est 7 heures.

- Espèce de mécréant. Primo la messe c'est à 7 heures. Deuxio ça c'est pas la cloche pour l'heure c'est la cloche pour la messe. T'as une volée de deux cloches un quart d'heure avant l'office. Y z'ont pas sonné 8 fois que je sache. Ou alors c'est que j'suis sourde.

Viviane mit son chapeau, ses gants et partit par la porte de derrière. Lucien finit son bol de soupe, prit son sac, sa couverture, ses deux cannes à pêche et même s'il faisait encore nuit, même s'il était très en avance, il marcha d'un pas énergique sur la route de l'étang des Rochelettes, sans penser à rien du tout, surtout pas à la bonne nouvelle, pour être le plus tôt possible installé sous son arbre, à l'endroit exact où Catherine viendrait le rejoindre quelques heures plus tard, comme elle le faisait depuis plusieurs dimanches.

Depuis qu'il avait obtenu son brevet élémentaire, il travaillait toute la semaine à l'épicerie-café. Son oncle avait décidé de lui donner son dimanche. Viviane prétendait que dans le village tout le monde savait que le fils Moine allait pêcher à l’étang des Rochelettes le dimanche matin. Mais Lucien préférait penser que sa première rencontre seul à seule avec Catherine était le fait du hasard. Il ne s'était pas laissé convaincre par Viviane qu'un hasard à deux kilomètres du bourg n'en était pas un et que Catherine avait forcé la chance. Non, non et non, il préférait le hasard, il préférait penser que quelque chose de plus fort que la volonté, plus fort que le désir les avait réunis. Il trouvait que c'était mieux, que son amour s'en trouvait renforcé. Viviane lui avait dit qu'il avait lu trop de romans avec sa tante parce que dans la vie, la vraie de vraie, y'avait pas de force supérieure comme il disait, en tout cas pour l'amour, et que si on n'aidait pas un peu le destin, on ne parvenait à rien du tout.

Il arriva avant 8 heures aux Rochelettes, posa la couverture sur l'herbe. Il prépara son amorce et la jeta dans l'étang. Il monta ses deux cannes, accrocha deux hameçons triples – car il comptait bien attraper des perches – enfila deux verres de terre et effectua un beau lancer, un de ceux qui avaient fait l'admiration de Catherine, le dimanche précédent. Puis il cala sa gaule avec un caillou, toujours le même, qu'il rangeait derrière l'arbre quand il partait. Le tronc de l'arbre avait commencé à se souvenir de lui. Il s'assit, s'adossa là où l'écorche était plus lisse et commença sa longue rêverie.

Depuis qu'il était amoureux, il avait un peu plus de mal à laisser flotter son esprit, à obtenir cet état d'âme, fait de silence, d'ennui, d'absence, de vide, si nécessaire au pêcheur pour lui permettre de repérer au moment voulu le moindre frémissement de bouchon. Son cœur l'embarquait dans des scènes à revivre ou à imaginer qui le menaient bien loin de l'étang des Rochelettes même si la plupart d'entre elles s'y déroulaient. Le dimanche précédent, il n'avait ainsi trouvé de calme ni avant l'arrivée de Catherine – dont il guettait les pas – ni après son départ parce qu'il repassait sans cesse dans sa tête tout ce qu'elle lui avait dit et qu'il fermait les yeux pour essayer de ressentir encore une fois la chaleur de sa main sur son avant-bras. Tout cela avait fait les affaires des poissons. Il était rentré bredouille.

Ce dimanche, c'était un peu différent. Catherine avait annoncé sa venue avec toute la précision qui la caractérisait. Il avait donc plus d'assurance, ce qui libérait un peu de place dans son esprit pour se concentrer sur les poissons à prendre. Et puis, il ne pouvait une nouvelle fois rentrer bredouille car pour la pêche il était imbattable. Il se voyait bien aussi donner quelques poissons à Catherine pour son dîner du soir. N'était-ce pas le rôle des hommes de nourrir la famille ?

- Eh bien, cela fera une belle fricassée de poissons pour le dîner !

Lucien eut tellement de surprise qu'il laissa s'échapper le poisson, une belle perche de 2 kilos qui ne s'était pas laissée faire.

- Oh , je... Lucien... je suis... je suis désolée. Oh mais tu saignes !

Lucien regarda sa main. Il regarda le sang s'écouler et ne sentit bientôt plus rien, plus rien du tout.

- Lucien ! Lucien ! Tu m'entends.

Puis il sentit quelque chose sous sa tête – son sac ? sa veste ? – et autre chose sur son doigt quelque chose de vivant, qui serrait, maintenait - oui quelque chose comme cela et voilà qu'une autre chose se rapprochait de son visage, et se mettait à le tapoter. Sa barbe était drue maintenant qu'il se rasait tous les samedis.

- Lucien, Lucien, tout va bien. Laisse ton doigt en l'air, Tu m'as fait peur, tu sais...T'es comme tous les hommes Lucien. Tu ne supportes pas de voir ton sang. Tiens, bois un peu... là... doucement... ça va mieux ?

- Oui...

- Je vais te faire un pansement. Ça ne saigne plus... mais il faudrait...Tu as un mouchoir ?

- Non...

- Ah mince ! Qu'est-ce que je pourrais...

Puis il la vit relever ses jupes, tendre un bout de son jupon entre ses deux mains.

- Ça ira très bien comme ça. Tu as un couteau ?

- Dans mon sac.

- Relève toi un peu... Ça va ?

Elle se pencha au-dessus de lui et fouilla dans le sac de pêche. Ses seins, gonflés par la position de son corps, se dessinèrent plus nettement sous sa robe. Plus elle fouillait, moins elle trouvait, plus elle se penchait et plus ses seins tendaient le tissu, «*jusqu'à la déchirure*», espéra Lucien de toutes ses forces. Il eut tellement envie de les toucher. Ce devait être chaud, doux, ferme et moelleux à la fois. Il ferma les yeux pour ne plus voir les seins de Catherine. Ce fut alors son odeur qui vint lui retourner les sens.

- Ça va Lucien ? Qu'est-ce qui se passe ? Tu te sens mal ? Où il est ton couteau ?

- Dans la poche...

- Ah ça y est... J'ai trouvé... Ça va ?

Elle déchira son jupon. Il aperçut ses chevilles et un peu de ses jambes. Ses seins avaient repris leur place, plus étalés, moins envahisseurs. Il n'en avait que plus envie. Il ferma les yeux très fort. Il ne saignait plus. Elle nettoya sa coupure avec de l'eau, souffla doucement pour sécher sa peau et enroula sans trop serrer son bout de jupon autour de son doigt. Elle fit un nœud qui fit éclore sur son doigt une fleur de dentelle. Il laissa sa main dans la sienne tout le temps que dura le pansement. Une main lourde, abandonnée, offerte. Puis Catherine, lui planta un baiser sur le front.

- C'est ce que font les infirmières ! dit-elle joyeusement. Allez soldat ! Vous êtes guéri maintenant. Il faut vous remettre à la pêche.

- Avec un doigt blessé ?

- Je peux peut-être apprendre...

- Toi ?! Pêcher ?

Lucien avait retrouvé toute sa vigueur.

- Ta tante était championne pas vrai ?

- Oui mais, c'est...

- C'est quoi ? C'est pas pareil ? Allez tu m'apprends ? Tu me dis comment il faut faire et je fais.

Mais Lucien n'avait pas envie. Il s'assit, but à sa gourde,

se leva et alla chercher l'épuisette qu'il brandit comme un étendard. Catherine eut l'air déçu.

- T'as pêché tout ça depuis c'matin ? Alors c'est fini pour la journée ? Demanda-t-elle. Moi qui...

- On peut se promener, proposa Lucien.

- J'ai apporté un livre. Tu ne veux vraiment pas que je te mette un nouvel hameçon et puis on s'arrête là ? Après je te laisse. Je me mets dans un coin et je lis. Juré !

- Tu mettras le ver de terre aussi ? demanda Lucien.

- Oh ça non... c'est dégoûtant...

Il rit.

- D'accord pour l'hameçon. Je mettrai le ver de terre.

- Épatant. Tu me montres ?

- Tu veux pas qu'on mange d'abord ?

Viviane avait mis un peu de terrine de cochon et du pain de samedi qui était encore moelleux. Lucien invita Catherine à s'asseoir sur la couverture, sur laquelle il étala deux serviettes. Il coupa une tranche de terrine, des cornichons en petites rondelles et plaça le tout sur un morceau de pain. Elle le regardait faire et souriait simplement. Puis elle mordit dans le casse-croûte avec appétit.

- Oh c'est bon ! Que c'est bon ! se délecta-t-elle. C'est pas tous les jours ...

- C'est Éric Sanguy qui nous l'a apportée. C'est sa première terrine.

- Elle est fameuse. Il faudra que je passe le féliciter.

- J'lui dirai pour toi, s'entendit dire Lucien avec fermeté.

Catherine sourit puis son visage s'assombrit.

- Quand son père reviendra, ce sera une autre histoire.

- Comment ça une autre histoire ? demanda Lucien avec candeur.

- Depuis tout le temps que tu le connais, tu n'as jamais rien remarqué ?

- Qu'est-ce qu'il faudrait remarquer ?

- Lucien !

- Je te jure que...

- Même mon père qui n'est pas un tendre, il ne battrait pas un chien comme Charles Sanguy bat son fils.

Lucien n'y croyait pas.

- Tu n'as jamais vu les bleus sur ses jambes?

- On en a tous.

- Sur les genoux peut-être mais derrière les cuisses, ça m'étonnerait.

- Il l'admire tellement que j'ai du mal à...

- Je sais c'est bizarre. Éric, il reste fidèle comme un vieux chien et Marianne, qui a eu toutes les tendresses de son père...

Lucien et Catherine restèrent silencieux pendant quelques minutes.

- Tu lis quoi comme livre ? demanda-t-il.

- Le père Goriot, c'est d'Honoré de Balzac.

- Je sais. Je l'ai lu.

- Tu as lu le père Goriot ! Et ça parle de quoi? demanda Catherine.

Voulait-elle vérifier qu'il disait vrai ?

- Ça se passe dans une pension de famille très miteuse. Le père Goriot tout le monde s'en moque. Alors que c'est un brave homme qui s'est saigné aux quatre veines pour que ses filles ne manquent de rien et fassent de beaux mariages. D'ailleurs, à la fin...

- Ne me dis pas la fin.

Lucien se tut. Catherine le regardait avec une réelle curiosité.

- Lucien... T'es quand même un drôle de garçon... Moi je l'aimais bien ton accent. Tu n'as plus du tout l'accent ?

- Si... quand je chante.

- Quand tu chantes ! Ça c'est drôle.

Elle le regarda fixement.

- Pas question Catherine

- Allez Lucien...

- Je chante faux

- J'adore les gens qui chantent faux... c'est touchant.

Alors Lucien se mit à chanter la seule chanson qu'il connaissait. Et il la chanta avec l'accent, exactement comme sa mère la chantait

- *Quand nous chanterons le temps des cerises,*
Et gai rossignol, et merle moqueur
Seront tous en fête !
Les belles auront la folie en tête
Et les amoureux du soleil au cœur !
Quand nous chanterons le temps des cerises
Sifflera bien mieux le merle moqueur !

Catherine accompagna le chant de Lucien de jolis mouvements de balancier qui faisaient bouger doucement ses seins. Lucien ferma les yeux encore une fois.

Le 15 octobre 1917

Ma chère Félicité, mon cher Lucien,

Je suis bien arrivé à Gailley Cerisy. Merci de m'avoir gâté pendant mes 5 jours à vos côtés. Quand le train a quitté Chateauville et que vous n'étiez que deux toutes petites silhouettes dans mon champ de vision, j'ai eu le cœur bien serré, mais je me suis ressaisi en me disant que je vous avais trouvés en bonne forme malgré les restrictions. Lucien, tu es presqu'un homme maintenant. N'oublie pas de nettoyer les bocaux de biscuits secs. Même si nous n'en avons guère, il faut que cela donne envie.

Pourvu que cette guerre se termine bien. Je vous écrirai bientôt. Je suis un peu fatigué par le voyage pour causer très longtemps. Portez-vous bien.

Constant

7 LA SEANCE DE POSE

Tante Félicité proposa de nouveau aux notables du village de réaliser des portraits pour les soldats. Les soldats avaient adoré la première série. Ils seraient donc très contents de compléter leur galerie de miniatures et de porter d'autres membres de leur famille dans la poche intérieure de leur vareuse. Il fut étonnamment assez difficile de convaincre Germaine Héry. Depuis le départ de son mari pour la guerre, elle, qui avait des pudeurs de jeune fille et des peurs de bigote, ne parlait plus que de son homme, de sa carrure, de ses bras puissants qui regorgeaient de muscles quand il ferrait les chevaux. Quand il était venu en permission, elle avait rempli un grand baquet d'eau chaude, savonné son mari pendant plus de temps qu'il n'en fallait pour le laver et la maisonnée avait été bien étonnée de retrouver Germaine dans le baquet, hurlant de rire, ruisselante de l'eau du bain de son Théophile, nu comme un ver, bien entendu. Grâce à la bonne, l'histoire avait fait le tour du village. Germaine avait d'abord perdu un peu de crédit auprès de quelques paroissiens, qui n'avaient pas la mémoire courte et se remémoraient la naissance précoce de Jeanne, mais la présence assidue de Germaine à la messe du matin, après la permission de Théophile, lui avait redonné toute sa bonne réputation. Pour autant, elle ne voulait pas partager, même avec ses filles, la poche intérieure de la vareuse de son mari, allant jusqu'à la comparer à leur lit conjugal. Félicité proposa alors de sceller les miniatures des filles de Théophile sur une tabatière. La solution convint à Germaine qui envoya ses filles poser chez tante Félicité. Jeanne avait demandé si tante Félicité pouvait réaliser deux miniatures mais *« sans le dire à maman »*. Tante Félicité, qui devait apprécier ce statut de confidente avait accédé à la demande.

Le dimanche d'après, la pluie, tombait drue, ce qui donna à Lucien une raison de rester à la maison. Catherine lui ayant longuement expliqué les bienfaits de l'hygiène corporelle, qu'elle enseignerait à ses futurs élèves, il se lava avec soin. Ce serait la première fois qu'il verrait Catherine en public; la nouvelle Catherine bien sûr, celle dont il avait fini par prendre la main pour rentrer de l'étang des Rochelettes le dimanche, main qu'il lâchait à 200 mètres de l'entrée du village; la Catherine qui finissait la route toute seule et qu'il voyait s'éloigner, le cœur rempli de joie et de chagrin, de plaisir et de douleur, tout ensemble, en même temps, sans possibilité de discerner et même de décider quel sentiment était le plus fort. Il avait ajouté une personne à sa vie, qui avait envahi ses pensées et en quelques dimanches seulement avait rendu étrange et merveilleux tout ce qui jusque-là lui semblait bien ordinaire, la place du village qu'elle foulait tous les jours pour se rendre à son école et qu'il traversait matin et soir pour rejoindre l'épicerie-café, les petites heures du matin qui les arrachaient tous les deux au sommeil et ajoutaient une nouvelle journée à leur histoire. Il vivait tout ce qu'il avait à vivre avec de nouvelles sensations, comme s'il n'avait jamais vécu ce qu'il vivait pourtant, tous les jours, depuis son arrivée à Chateauville.

Il sortit du baquet, essuya rapidement son corps de jeune homme, enfila un sous-vêtement sec, son pantalon et une chemise propre. Il mit le linge mouillé à sécher et remit tout en place avec mille précautions pour ne pas avoir à supporter les moqueries et les sous-entendus de Viviane. Il retourna dans sa chambre. Pour se coiffer il devait désormais fléchir les genoux car la glace qu'on avait accrochée au mur était trop basse pour ses 175 centimètres. Avait-il maintenant la taille de son père ? Il était plus grand que Joseph et plus grand que l'oncle Constant. Il peigna ses cheveux, fit sa raie bien droite. Il avait une peau bien plus nette que celle de Jean Paul Hureau qui suintait tant et plus, ce qui devait le rendre très malheureux. Jean Paul avait encore un visage enfantin qui l'encombrait beaucoup dans ses projets de guerre et de séduction. Il enviait Lucien, qui avait déjà tout d'un homme, la taille, la stature, la barbe et les fréquentations. Lucien tourna ensuite en rond. Il était nerveux. Il lui semblait que là dans le salon, avec Catherine, devant la tante Félicité, il lui faudrait tout reprendre à zéro, comme si rien, entre elle et lui, n'avait existé.

Elle arriva à 10h après la messe, accompagnée de sa mère. Elle portait un chemisier plissé blanc à col montant et une jupe au mollet qui marquait bien sa taille. Elle avait accroché une broche sur le haut de son col et coiffé ses cheveux de telle manière qu'on pouvait croire qu'elle les portait courts. Ce qui fait qu'elle donnait l'impression d'être à la fois la fille de sa mère et la femme de son temps. Tante Félicité l'invita à prendre place sur le fauteuil de pose et ajusta sa posture.

- Je retourne à l'église. Nous avons une séance de tricot, dit Germaine.

- Dites Germaine, Fernande Sanguy a-t-elle des nouvelles de sa fille ? demanda tante Félicité.

- Aucune. C'est indigne et cruel. Je ne peux pas le dire autrement.

- Maman, cela ne fait qu'un mois que…suggéra Catherine

- Eh bien en un mois, ma fille, ton père m'a envoyé cinq lettres et je lui en ai écrit dix... Et il est sur le front !

- Ta mère a raison Catherine. On ne laisse pas ses parents sans nouvelles, affirma tante Félicité.

Catherine fit des petits mouvements de tête de droite à gauche.

- Je sais mais je suis sûre qu'elle travaille dur. Notre professeur d'histoire a sa sœur dans une usine d'obus. Elle raconte que les ouvrières portent jusqu'à 5000 obus par jour. Je ne sais pas combien pèse un obus mais...

- Ça fait 35000 kilos, intervint Lucien.

- Un obus ! s'exclama Germaine

- Non, précisa Lucien, ça fait 35000 kilos portés par jour. Ça fait beaucoup.

- Tu vois maman... elle doit être épuisée la pauvre Marianne. C'est dur pour une femme tout de même !

- C'est elle qui l'a voulu ! Mais tu vois, la sœur de ton professeur a eu le temps et la force d'écrire à sa famille. Une carte Catherine, une carte... pour rassurer.

Catherine lâcha un grand soupir.

- Je sais maman...

- Vous êtes sûre Félicité que cela ne fait pas trop d'embarras de garder Catherine pour le déjeuner. Vous n'avez pas Viviane le dimanche.

- Je n'aurai aucun embarras Germaine.

Catherine tint la pose sans bouger un cil. Au début de la séance, Lucien s'était placé debout derrière sa tante. Mais les deux femmes n'avaient pas trouvé la situation confortable. Alors il était allé s'asseoir à regret sur le fauteuil de l'oncle et s'était plongé dans la lecture d'*Ouest-Éclair*. Il n'aimait pas lire tout seul, en silence. C'était donc plutôt pour se donner une allure qu'il avait ouvert le journal. Aucun des articles qu'il lisait ne s'imprimait dans sa mémoire. Pourvu que la tante n'aille pas lui demander de résumer les nouvelles du jour !

- Qu'est-ce que tu apprends dans ton école? demanda-t-elle en glissant deux crayons dans son chignon.

- L'histoire, la géographie, l'arithmétique, la littérature, le dessin, le solfège, le chant, les travaux manuels. Nous apprenons aussi l'anglais, la physique, la chimie, les sciences naturelles et puis la comptabilité, la dactylographie, l'hygiène.

- Eh bien dis moi... Et avec tout cela tu te destines...

- Au métier d'institutrice.

- Tu pourrais aussi travailler dans le commerce avec une telle instruction.

- Oui, ou bien dans l'industrie.

- Ah non, pas l'industrie ! s'exclama tante Félicité. Dans l'industrie, ils ne rendent jamais ce qu'ils prennent. Regarde la pauvre Marianne Sanguy ! Dis... il n'est pas facile à peindre ton chemisier. Comment pourrais-je faire pour avoir le rendu de ce joli plissé ? Tourne un peu ton buste vers la droite... non pas la tête... garde la tête comme elle était...

Lucien baissa son journal et le replia sans bruit. Il se sentait gauche et était convaincu que sa tante le trouvait ridicule. Catherine pivota d'un ou deux centimètres en gardant la tête droite. Elle se cambra un peu. Les yeux de Lucien glissèrent sur ses fesses. Il baissa les yeux.

- Voilà, la lumière est bien meilleure.

- Les ombres et lumières c'est ce qu'il a de plus dur en peinture ? demanda Catherine.

Tante Félicité regarda Catherine, la toile, puis de nouveau Catherine. Elle fronça les sourcils, sembla trouver une solution, donna trois coups de pinceau, pencha la tête, pinça ses lèvres, claqua sa langue contre son palais, redonna trois coups de pinceau.

- Tout est difficile en peinture ma fille. Tout... Voilà... je crois que je le tiens enfin. Tu veux venir voir Lucien ?

Lucien ne se fit pas prier. Il fit comme la Tante Félicité. Il regarda Catherine, son chemisier et puis il regarda la toile, puis Catherine et son chemisier de nouveau. Tante Félicité avait reproduit celui-ci à la perfection, le col légèrement empesé qui frôlait le menton, le flou des épaulettes qui se déversaient sur la courbe des bras, la nacre des boutons, le plissé impeccable du plastron et même la petite fracture dans le plissé, au niveau des seins, juste entre les deux seins, que Lucien avait remarquée dès que Catherine avait pris place sur le fauteuil de pose.

Catherine le regarda la regarder. Elle sourit mais ne sembla pas gênée comme il pensait qu'elle aurait dû l'être. Il en fut un peu déçu. Catherine faisait tout sérieusement. Là elle posait et c'était tout.

- Ça te plaît Lucien ? demanda-t-elle gentiment.

La douceur de sa voix lui fit du bien.

- Oui beaucoup… c'est…c 'est très bien.

- Alors à la bonne heure. Maintenant on ne bouge plus. Je vais m'occuper de tes yeux. Lucien !

Lucien retourna à son fauteuil mais il ne rouvrit pas son journal. Il regarda en l'air. Les yeux de Catherine ? En amande, avec des cils bien courbés, un marron très sombre, presque noir, un iris et une pupille qui se confondaient, peu de blanc autour de l'iris...Pourtant, malgré cette uniformité dans les couleurs, toute la richesse des sentiments trouvait à s'exprimer dans ses regards.

- Un furet... dit-il malgré lui.

Tante Félicité leva un sourcil, le regarda puis elle opina et se remit à peindre.

- Qu'est-ce que tu dis Lucien ?

- Ne bougez pas jeune fille. J'y suis presque.

Catherine reprit la pose. L'église sonna midi. Lucien s'éclipsa, rejoignit la cuisine et mit la table. Il réchauffa la soupe et sortit une boite de sardines du garde-manger. Viviane avait aussi préparé une tarte qu'il mit au four. C'était un four à bois et non à charbon, ce qui les réjouissait tous les jours parce que le charbon se faisait rare. Il coupa du pain qui n'était plus aussi bon depuis quelques mois car la farine était de mauvaise qualité. Le potager commençait à donner pommes de terre et oignons, mais les 3/4 de la production partaient aux soldats de la France. Le travail de Viviane à la ferme des parents de Marcel leur permettait d'avoir un peu de viande et des œufs. À l'épicerie-café les approvisionnements étaient plus difficiles. Les conserveurs de Bretagne leur avaient annoncé par courrier qu'ils avaient épuisé leurs stocks. Au début de la guerre, les clients s'étaient rués sur les boites de sardines ce qui avait fait les affaires de tout le monde. Trois années plus tard, la situation n'était plus la même. Les conserveries, classées non prioritaires pour l'effort de guerre, manquaient d'huile, de fer blanc, d'étain, de sel et de charbon. Ils manquaient aussi de main d'œuvre. Les mécaniciens et les ouvriers spécialisés étaient réquisitionnés pour les usines d'obus et les autres étaient au front. Les conserveurs menaçaient de fermer les usines si l'Armée n'accordait pas de sursis pour leurs derniers ouvriers qualifiés et leurs directeurs d'usine. Et voilà que les ouvrières, qui avaient remplacé leurs maris sur les lignes de production s'étaient mises en grève. *Ouest Éclair* en avait fait plusieurs articles. Elles réclamaient des salaires décents et protestaient contre les femmes de pêcheurs, qui, enrichies par la flambée des prix du poisson, se pavanaient sur le port sans se priver de rien et sans en ficher une rame, ce qui était bien le comble pour une femme de pêcheur. On commençait à rationner le pain, le sucre, l'huile, le tabac, l'essence, le gaz et même le lait. La tante Félicité prélevait chaque jour sur le stock de l'épicerie une petite ration de denrées pour ces lendemains qui n'allaient pas chanter. L'oncle Constant s'en était aperçu et beaucoup ému parce qu'il tenait à une stricte séparation du fonds de commerce et du garde-manger de la maison. Pour calmer sa conscience et rassurer sa femme sans la contrarier, il avait demandé à Lucien de préparer chaque jour la petite ration nécessaire à l'apaisement de tante Félicité et d'en marquer le montant dans le carnet. Mais tante Félicité avait continué à ajouter une bricole, comme si de rien n'était.

- C'est prêt, annonça Lucien.

- Je peux ? demanda Catherine en montrant le chevalet.

Tante Félicité laissait toujours ses modèles regarder son travail après la pose. Elle était tellement sûre de la qualité de sa peinture qu'elle ne craignait pas le jugement d'autrui. « *Cause toujours* » devait-elle penser quand le modèle faisait des remarques. Peu d'entre eux s'y risquaient de toute façon. Lucien avait dans l'idée qu'il y avait aussi une autre raison, presqu'opposée à la première. En fait tante Félicité se fichait complètement de ce qu'on pensait de sa peinture. Alors on pouvait toujours regarder…elle restait seul maître à bord. Elle ne peignait pas pour les autres.

- Tes cheveux ne sont pas terminés.

- Pour ce que j'en ai !

Catherine regarda avec attention son portrait. Elle respira un peu plus fort et sourit.

- Papa va être content. Bravo.

- Oh mais ce n'est pas terminé, je te dis...nous avons encore un peu de travail cet après-midi. Lucien, tu nous feras la lecture. Mais en attendant mes enfants, allons manger.

Le déjeuner fut assez gai. Tante Félicité interrogea longuement Catherine sur les lectures de la classe du brevet supérieur. La jeune femme avait tant de simplicité et de naturel que tante Félicité se mit à l'écouter. Lucien, assis en bout de table, entre les deux femmes, les écoutait bavarder. Il remplit les verres, proposa du pain, changea les assiettes pour le dessert. Pour le remercier, Catherine lui souriait.

Après le déjeuner, tante Félicité alla se reposer. Elle avait dit de tout laisser sur la table pour Viviane mais Catherine et Lucien, qui n'avaient rien à faire, nettoyèrent la cuisine.

- Ton portrait te plaît ?

- Et à toi il te plaît ?

- Il n'est pas fini mais il est déjà très bien.

- Je trouve mes yeux un peu trop allongés, non ?

- Tu as les yeux allongés…

Catherine le fouetta avec son torchon en riant.

- Ce n'est pas la forme qui compte, c'est le regard, dit Lucien

- Tu as dit quoi tout à l'heure à ta tante ? Je n'ai pas entendu.

- Que tu avais des yeux de furet... Il court, il court, le furet ... Ma mère chantait parfois cette chanson.

- Toujours cet accent quand tu chantes... c'est drôle. Comment elle était, ta mère ?

- Un peu comme l'oncle Moine, toujours inquiète, toujours en train de tout prévoir...

- Et sa figure ? Elle était jolie ?

- J'ai un peu oublié. Elle était petite. Très brune.

- Alors tu ne tiens pas d'elle. Même pas les yeux que tu

as bleus, comme le ciel.

- Pas le ciel d'ici tout de même.

Catherine éclata de rire.

- Tu n'as pas de photo ?

- Aucune. Je suis plus du côté Fréreux.

- Oui, maman l'a toujours dit.

- Un revenant...

- Comment cela ? s'étonna Catherine.

- C'est ce que ta mère a dit quand je suis arrivé, que j'étais un revenant. Cela m'a frappé. Je m'en suis toujours souvenu.

- Ce n'est pas très malin.

- C'était bizarre surtout.

Catherine avait fini de sécher les assiettes.

- Où les ranges-tu ? Maman les a bien connus les Fréreux tu sais ?

- Porte droite du buffet. Oui je sais.

- En haut ou en bas ? Tu devrais…

- Excuse-moi. En haut. Je devrais ?

- Tu as un autre torchon ? Celui-ci est trempé. Tu

devrais lui parler un jour.

- Dans le même buffet, à gauche, en bas. Pourquoi je devrais lui parler ?

Catherine prit le torchon, le déplia et regarda Lucien.

- Pour mieux connaître ta famille d'ici. Papa dit toujours qu'on n'a pas deux jambes pour rien.

- Il vient en permission bientôt ?

- On ne sait pas.

- Tu t'inquiètes ?

- Papa il ferre les chevaux, alors il n'est pas sur le front. Mais quand même. Je m'inquiète aussi pour son métier parce que ça l'inquiète. Il n'arrête pas d'en parler dans ses lettres.

- À cause des automobiles ?

- Exactement. Déjà sur le front, les chevaux ne servent plus autant.

- Ça va prendre un peu de temps...

- Oui, mais quand même.

Catherine essuyait plus nerveusement les couverts.

- Ne t'inquiète pas. Ça ira.

- Lucien, je suis fatiguée...

- Tu travailles beaucoup...

- Non je ne suis pas fatiguée par mon travail. Je suis fatiguée de cette guerre. Papa n'est plus à la maison. Dans ses lettres je vois bien qu'il ne fait plus le fanfaron. Le mari de Jeanne est mort. Elle est veuve à 24 ans, tu te rends compte ! Peut-être qu'elle n'aura jamais d'enfants, parce qu'elle ne trouvera pas d'autre mari. Ils sont tous morts ou en train de mourir, parce que cette guerre est cruelle. Tout se détraque ! Les enfants ne viennent plus à école, il n'y a plus d'ouvriers dans les usines, plus de médecins dans les villages, plus de paysans dans les champs. On a beau tous s'y mettre. C'est insuffisant. Et moi, j'étudie le français, les mathématiques, l'économie, l'hygiène... Mais pour quoi faire ? Pour qui ? Lucien.

- On va les battre, les boches... on leur reprend du terrain tous les jours, on fait des prisonniers. Et puis avec les américains on va la gagner cette guerre.

- Peut-être... Mais il y aura eu tant de morts que la victoire sera amère.

Catherine avait repris son torchon. Elle essuya le reste des couverts. Ils restèrent silencieux. Tout d'un coup Lucien sentit que quelque chose se transformait en lui. Sa musique intérieure se fit plus grave, plus forte. Les lettres de l'oncle Constant, la mort du fils de Joseph, les veuves éplorées du village, les nouvelles du front lues chaque soir dans *Ouest Éclair*, avaient glissé sur lui. Les transformations de son corps – sa barbe, sa force musculaire, sa virilité – n'étaient encore que des apparences. Il avait fallu le chagrin profond et réfléchi d'une jeune femme pour opérer sa métamorphose. Il avait envie de la protéger, de la sauver, de jouer son rôle dans ce monde qui la désespérait tant. Avant de reprendre la pose, Catherine se rafraichit le visage, refit son chignon. Lucien était assis à la table et buvait une tasse de chicorée. Il la regarda faire comme il regardait Viviane chaque matin. Il était heureux.

Germaine Héry frappa vigoureusement à la porte des Moine à 16 heures. Elle avait des choses à raconter. Elle n'arrivait pas de l'église qu'elle avait quittée à 15 heures mais de la boucherie Sanguy. Fernande n'étant pas venue à la séance de tricot, elle était allée prendre de ses nouvelles. Et bien lui en avait pris car, dans la maison de Fernande, elle n'avait trouvé que pleurs et désolation. Éric était venu ouvrir et avait conduit Germaine dans la cuisine où Fernande était attablée devant une lettre de trois pages, maculée de larmes et chiffonnée de colère.

- J'ai cru d'abord que sa fille lui avait annoncé un mariage ou une honterie...

- Une honterie ?

- Oui vous savez bien Félicité...comme une cachotterie. Je me suis dit que c'était peut-être pour cacher cette... cette... que Marianne était partie si soudainement.

- Mais avec qui ? demanda tante Félicité.

- Et bien, ce Maurice... Vous savez bien... celui qui est venu avec Jules Hureau... pour faire les moissons.

- Il n'est pas du même monde Germaine.

- Oh vous savez. Aujourd'hui, il n'y a plus qu'un monde, soupira Germaine.

- Qu'est-ce qu'il y a donc dans cette lettre ?

- Eh bien au début, elle raconte sa vie dans l'usine et les charges très lourdes qu'elle doit porter chaque jour…

- Tu avais raison ma fille, précisa tante Félicité en souriant à Catherine.

- Oui. Mais je suppose que la sœur du professeur de Catherine n'en est pas venue à rejoindre la ligue nationale contre l'exploitation du travail féminin , dit Germaine Héry, presque solennellement, sans poursuivre son récit pour d'abord jouir de l'effet de son annonce sur son public.

- Marianne est syndiquée !! cria Catherine.

Tante Félicité eut un rire de gorge très moqueur.

- Fernande Sanguy a dû s'étrangler, pour sûr.

- C'est simple, Félicité. Elle ne veut plus voir sa fille.

Tante Félicité hocha la tête.

- Une répudiation, rien que cela ! Mais qu'est qu'elle raconte dans sa lettre ?

- Oh...et bien elle raconte tout un tas de choses sur la vie des ouvrières, qui travaillent dur et qui manquent de tout. Les directions des usines n'organisent rien pour les aider, dit-elle, comme des écoles pour leurs enfants ou des chambres d'allaitement. Vous saviez Félicité que l'Etat avait demandé aux patrons des usines de créer des chambres d'allaitement ?

- Non. Remarquez que cela paraît normal, quand on sollicite autant de jeunes femmes.

- Tout de même quand on a un enfant...une usine... Enfin, ce qui a mis le feu aux poudres, raconte Marianne dans sa lettre, c'est quand les patrons ont fait une retenue sur les salaires parce qu'il a fallu enseigner aux ouvrières les nouvelles méthodes... le Tai... le Tailo quelque chose.

- Le Taylorisme, dit Lucien.

- C'est cela, le Taylorisme. Merci Lucien.

Germaine lui toucha le bras et lui sourit. Puis elle bomba le torse et regarda de nouveau tante Félicité.

- Alors là...Tout a paraît-il explosé dans l'usine. Les ouvrières ont fait grève avec Marianne en tête ! Vous vous rendez compte Félicité.

- Ce n'est pas une mauvaise cause, remarqua Catherine.

- Si ton père t'entendait. Catherine... on n'a pas le droit de faire grève en ce moment... Pense à ton père, à Constant, à tous les autres. Marianne n'est qu'une égoïste.

Lucien sursauta. Il connaissait Marianne. Il aurait pu tout dire d'elle, qu'elle était autoritaire, qu'elle s'agaçait facilement, mais égoïste, non ! Elle était plutôt généreuse mais elle n'avait pas les manières douces qui vont en général avec la gentillesse. Un peu comme Viviane.

- Qu'est-ce qu'il y a Lucien ? demanda tante Félicité.

- Rien... Marianne n'est pas... pas égoïste.

Germaine lui toucha de nouveau le bras, plus fermement. Voulait-elle l'empêcher de parler ?

- Marianne n'est plus la même Lucien ! expliqua-t-elle. Elle a été totalement pervertie par les ouvriers de l'usine. D'ici à ce qu'elle en ramène un à ses parents. Là, Fernande mourrait d'apoplexie. Pauvre Fernande !

- Mon père aussi était ouvrier, dit Lucien.

Germaine le regarda et rougit. Tante Félicité le reprit sévèrement.

- Ouvrier chez un compagnon du Tour de France et ouvrier d'usine, ce n'est pas du tout pareil Lucien. Crois-moi!

Le 15 novembre 1917

Cher Oncle,

Je te raconte notre petite vie. Dimanche je suis allé à la pêche à l'étang des Rochelettes. J'ai ramené 4 gardons et 3 perches que Viviane a mis au court bouillon puis à la poêle avec un peu de margarine car nous n'avons plus de beurre. Nous avons tous souscrit au nouvel emprunt national. J'ai versé 81 francs.

Affection de Lucien.

Le 28 décembre 1917

Mon cher Lucien,

J'ai passé le Noël avec un garçon de ton âge qui passe son brevet supérieur. Avec deux chauffeurs de mon unité, nous avons été invités chez des habitants d'Amiens, tous les deux instituteurs et cela a été d'un grand réconfort de passer ce moment en famille même si ce n'était pas la mienne. Le garçon s'appelle André. Son père a été réformé car il est asthmatique. Et je crois que cela fait de la peine à André.

Je t'envoie de bons baisers pour le nouvel an mon cher Lucien.

Ton oncle Constant.

8 PREMIER BAISER

Lucien avait vu tomber la neige pour la première fois de sa vie. Catherine et lui s'étaient joints aux groupes d'enfants et de jeunes gens qui avaient fait une grande bataille de boules de neige sur la place du village. Il y avait eu beaucoup de rires et si, au début de la guerre, beaucoup se seraient offensés devant tant d'insouciance, il n'y eut personne pour trouver à redire à ce petit moment de joie que la nature offrait à la jeunesse du village. Mais le froid s'était installé. Du jamais vu à Chateauville. Il gelait dans les puits, les rivières et les seaux. On avait du mal à chauffer les maisons. Tante Félicité ne venait plus à l'épicerie-café car il y avait trop de risque pour elle à traverser la place. Elle ne pouvait se permettre de rompre une nouvelle fois sa jambe. Elle restait toute la journée près du feu dans le salon. Viviane et Lucien, allaient à tour de rôle, ajouter des bûches. Lucien, avait fabriqué des semelles cloutées qu'ils accrochaient sous leurs chaussures. Certaines dames du village étaient venues lui demander d'en fabriquer pour elles. Il avait improvisé un petit atelier de menuiserie dans la remise. Catherine suivait ses cours en manteau et mitaines et toute la classe du brevet supérieur se regroupait autour du poêle. Les élèves écrivaient sur leurs genoux.

Tout le monde s'était accommodé de la situation. Tante Félicité pouvait passer ses journées à lire et à peindre. À l'épicerie, Viviane pouvait faire comme bon lui semblait et au café Lucien rêvassait parce qu'il n'y avait pas grand monde à servir. Catherine avait fini par s'installer sur une table du café, pour travailler. Lucien lui préparait une infusion de tilleul et Viviane se débrouillait toujours pour lui donner un petit quelque chose à grignoter. La mère de Catherine n'avait pas trouvé à y redire, car chez les Héry, l'argent commençait à manquer. La maréchalerie fonctionnait au ralenti depuis le départ de Théophile et de deux de ses employés. Alors les amours de Catherine avec le fils-neveu des Moine, lui semblaient de bon augure pour assurer l'avenir économique de sa seconde fille. A la mort de son mari, Jeanne Héry n'avait pas touché un sou. On avait découvert que sa belle-famille n'était pas aussi riche qu'elle le prétendait, que toutes les apparences étaient sous hypothèque. Jeanne avait réintégré la maison paternelle. Elle ne savait pas faire grand-chose de ses dix doigts hormis écrire. Alors, elle avait multiplié les correspondances avec les soldats. Germaine Héry, influencée par Fernande Sanguy s'était d'abord montrée choquée par toutes ces fréquentations épistolaires. Puis elle s'était résignée et pensait que ce n'était pas une mauvaise manière de trouver un nouveau mari, d'autant que Jeanne avait une jolie plume et que le nombre de ses soupirants ne cessait d'augmenter.

Jeanne était venue à l'épicerie demander s'il n'y avait pas par hasard des boîtes dont ils n'avaient plus l'utilité parce qu'elle voulait se mettre à classer son abondant courrier, Pour éviter tout impair, toute confusion dans ses réponses et l'historique de sa correspondance, elle voulait pouvoir regrouper ses courriers par soldat. « *Un soldat par boîte* » avait-elle précisé. Les boîtes devaient être suffisamment grandes car elle y mettrait les lettres qu'elle recevait mais aussi celles qu'elle envoyait, car elle recopiait toutes ses missives.

- Nous avons les boîtes des sardines et celles des haricots, proposa Viviane.

- Les haricots, je préfère.

- Il vous en faut combien ?

- 20

- 20 ! Vous écrivez à 20 soldats !

- Oui, parfois un peu moins car il y a des morts. Mais je les remplace. Alors, en général ça fait 20.

Viviane qui avait bien du mal à faire ses lettres à Marcel était admirative, et ce, d'autant plus, que Jeanne avait précisé que chaque lettre était différente et qu'elle ne se laissait jamais aller à recopier ce qu'elle avait écrit pour un autre, même si cela pouvait convenir.

- Alice Caille, c'est ce qu'elle fait mais moi je ne veux pas.

- Madame Caille, elle recopie ?

- Oui. Quand elle voit que quelque chose plaît bien aux soldats, elle le met dans toutes ses lettres.

- Et les timbres, ça doit vous coûter une fortune ?

- On s'arrange…avait répondu Jeanne mystérieuse.

Alice Caille, retraitée des postes, faisait passer le courrier de Jeanne pour le sien. La nouvelle employée des postes fermait les yeux parce qu'elle était patriote.

- Lucien, je vais recharger la cuisinière et faire cuire ma soupe. Je reviendrai fermer, annonça Viviane.

- Je m'en occupe. Reste avec tante Félicité.

- Tu es sûr ?

- J'ai déjà fermé tout seul lundi. Ça ira bien.

- Laisse la porte coulissante ouverte. Ça chauffera un peu. Avec ces grandes vitres, on gèle dans l'épicerie. Au revoir Catherine. À demain. Ne va pas trop t'user les yeux avec toutes ces lectures. Faut que t'en garde un peu pour surveiller les gamins.

Catherine rit de bon cœur.

- À demain Viviane.

Lucien alla fermer la porte du café et tira les rideaux.

- Tu fermes déjà ?

- Il ne viendra plus personne. Mets-toi plus près du poêle, tu trembles comme une feuille.

- Je dois finir ça d'abord.

- Alors, je vais bouger la table. Lève-toi.

- Lucien, tu n'es pas obligé.

- Je ne vais pas te laisser mourir de froid. Allez lève-toi.

Il tira la table tout près du poêle, rapprocha la chaise, prit Catherine par les épaules et la força à s'asseoir.

- C'est pas mieux comme ça ?

Il avait les mains sur ses épaules. Catherine se laissa aller en arrière et se reposa sur lui. Il voyait ses deux seins. Sous l'effet du froid leurs mamelons se dessinaient très nettement sous sa robe grise d'élève. La tête de Catherine pesa de plus en plus lourd sur son torse. Il avait une telle envie de toucher les seins de Catherine, de mettre ses mains en corolles sur ses deux beaux globes qui devaient être d'un blanc immaculé. Il avait envie de les presser, de jouer avec. Mais il n'osait pas. Là, pourtant dans le café, ils étaient seuls. Qu'est-ce qui l'empêchait d'empoigner ce qu'il désirait depuis des mois, de poser ses lèvres sur son cou et puis sur sa bouche, de dégrafer sa robe, sa chemise de corps et de glisser sa main entre les étoffes pour aller jusqu'à sa peau. Depuis qu'il avait était témoin à l'étang des Rochelettes des retrouvailles d'un soldat et de sa femme, il savait exactement ce qu'il fallait faire. Mais il savait aussi que cela mettait une femme dans un état de nerfs indiscret qui l'effrayait un peu.

La sonnette de l'épicerie retentit. Claire Briel venait chercher du sucre.

- Maman veut un kilo de sucre raffiné, dit-elle d'un ton saccadé.

- Je t'en donne 750 gr, les 2/3 en sucre raffiné et le 1/3 en sucre non raffiné. Tu lui diras qu'il y a le rationnement. Nous n'avons pas encore reçu les cartes mais nous ne pouvons pas vous en donner plus de 750 gr par mois et par personne, soit 1,5 kg pour ta famille. Tu veux que je te l'écrive pour ta maman ?

- Rationnement. 750 gr par mois et par personne. Je prends 1,5 kg pour ma famille.

- Ce sera pour un mois et pour vous deux. Tu ne pourras pas revenir avant un mois. Tu as compris ? Je vais te faire un reçu que tu vas signer. C'est en attendant les cartes de sucre.

- Je prends 1,5 kilos. Je signe le reçu. C'est pour un mois.

Claire Briel s'exprimait toujours de cette manière mécanique, avec des petites phrases courtes, avec ou sans verbes, qui décrivaient ce qu'on lui disait et ce qu'elle avait à faire. On ne savait pas trop de quoi elle souffrait. Elle n'avait pas l'air attardée. Elle avait un beau visage, sans déformation aucune. Elle avait appris à lire et à écrire. Elle était très calée en chiffres, savait faire de tête des opérations compliquées. Mais son monde était petit. Il se réduisait à la bijouterie de ses parents, à l'église, l'école et l'épicerie-café. Ses parents avaient essayé, par la douceur puis par la force de l'emmener ailleurs. Mais sa douleur avait été si forte, si impressionnante que personne ne se risquait plus à lui faire franchir les frontières qu'elle avait érigées autour de sa vie. Quand son père était parti prendre le train pour rejoindre son régiment à Rennes, elle avait l'accompagné jusqu'à l'église mais n'était pas allée plus loin. Elle était restée sous le porche, près du bénitier, en se balançant légèrement d'avant en arrière et avait attendu le retour de sa mère.

- Je note le prix dans le cahier. Tu signes le reçu.

- Le prix est noté dans le cahier. Je signe le reçu.

Lucien nota et Claire signa. Elle posa ensuite sur lui son habituel regard intense qui – il avait fini par le comprendre – n'était pas le support de son intérêt pour les autres mais le témoin d'une tension intérieure extrême.

- Au revoir Claire

- Au revoir Lu.

- Cien...

- Au revoir Lu.

Il n'y avait rien à faire. Lucien avait beau rajouter la syllabe manquante, pour Claire Briel il s'appelait Lu.

- C'est parce que t'as pas répété. Elle fait toujours ça. Moi elle m'a fait la même chose. Quand elle m'a dit au revoir Vi... alors moi j'ai dit Viviane. Alors elle m'appelle Viviane. Ta tante elle a pas répété, elle a répondu *licité*. Alors la p'tite elle dit Fé. Comment qu'elle dit avec Catherine?

- Cat. Catherine m'a dit que ça voulait dire chat en

anglais.

- Alors elle a pas répété non plus.

L'église sonna 7 heures. Lucien posa les volets sur les grandes baies vitrées, ferma à clé la porte de l'épicerie. Dans le café, Catherine rangeait ses cahiers.

- Lucien ?

- Oui

- Tu sais... Je crois que... Je crois que tu peux m'embrasser maintenant.

Il se repassa à toute allure dans sa tête les gestes qu'avait faits le soldat à l'étang des Rochelettes. Avant d'allonger sa femme sur le sol, il avait mis une main derrière sa tête, l'avait doucement attirée vers lui. Ensuite il avait incliné son visage à lui, fait glisser sa main sur la joue de la jeune femme puis il avait baisé et ouvert ses lèvres. Lucien s'avança vers Catherine et il fit exactement ce qu'avait fait le soldat.

9 LA PERMISSION DE MARCEL

Marcel avait annoncé son arrivée par télégramme. Si tout allait bien il serait à Chateauville le 29 mars, par le train de 6 heures du soir. Dans le café, Catherine apprenait une leçon. Lucien essuyait des verres, Viviane venait de partir à la gare, endimanchée et fardée de l'éclat de sa joie. Le temps était doux et donnait déjà des envies d'été. Catherine avait enlevé sa sinistre blouse d'écolière. Ce devait être la première fois qu'elle portait sa robe vert pâle, car elle s'était installée avec des précautions infinies. Elle avait épousseté la chaise. Elle avait rectifié les plis de sa robe quand elle s'était assise et se tenait à dix bons centimètres du plateau de la table. Tout cela lui donnait une allure un peu raide mais elle avait l'air si contente de porter sa robe qu'on ne voyait plus que son visage réjoui et fier. Peut-être que sa mère lui avait dit qu'il était encore trop tôt dans la saison pour porter une robe en drap de coton et qu'elle allait prendre froid. Mais le temps qui s'était encore adouci vers la fin de la journée, lui avait donné tort. Viviane y avait vu le signe d'un grand bonheur et s'était dit que le train de son Marcel n'aurait aucun retard. Avec un temps pareil, cela ne pouvait être autrement.

- How old are you? I am sixteen years old. How old are you? I am sixteen years old? How old are you? I am sixteen years old.

- Combien de fois vas-tu le répéter ?

- Jusqu'à ce que je le sache.

- Ça ne te barbe pas à la longue ?

- J'aime apprendre. How old are you? I am sixteen years old.

- Ça veut dire quoi ?

- Quel âge as-tu ? J'ai seize ans.

- Ça sert à quoi d'apprendre ça ?

- L'anglais ?

- Oui

- Eh bien... à se faire comprendre d'un Anglais et à le comprendre.

- Il n'y a pas d'Anglais à Chateauville.

- Oui mais il y en a ailleurs. Et puis on fait du commerce avec les Anglais.

- Pas à Chateauville.

- Mais il n'y a pas que Chateauville dans le monde.

- Dans le mien, si.

- Et La Pardaille alors ?

Lucien blêmit. Catherine avait raison mais sa mauvaise humeur avait pris le dessus.

- Faut que j'apprenne Lucien. Where were you born? I was born in Chateauville.

- Qu'est-ce que ça veut dire ?

- Où es-tu née ? Je suis née à Chateauville. Where were you born? I was born in Chateauville. Where were you born? I was...

- Tu ne vas pas répéter cela toute la soirée !

Catherine ferma son cahier et regarda Lucien. Elle n'avait pas l'air fâché. Ses yeux de furet brillaient même un peu et elle mangeait un peu sa petite bouche comme si elle s'empêchait de rire.

- Qu'est-ce qui t'arrive Lucien ?

- Rien

- Tu es ronchon. Tu fais la tête depuis tout à l'heure.

Lucien ne faisait pas la tête. Il était nerveux, mal à l'aise. Il n'avait plus de crise mais parfois, sans raison, il se levait avec une inquiétude qui durait en général toute la journée. Il faudrait bien le dire un jour à Catherine.

- Tu le passes quand ton brevet ?

- En juillet.

- Et après ?

- Après le brevet ?

- Oui

- Tu le sais bien. Je vais devenir suppléante dans une école.

- Où ?

- Je ne sais pas encore. Pourquoi tu me fais répéter ce que tu sais déjà ?

- Tout ça pour enseigner à des mioches.

- Lucien...Arrête !

Catherine rangea ses affaires.

- À demain Lucien !

Puis elle sourit plus gaiement qu'il ne le méritait mais ne lui donna pas de baiser. Lucien serra les dents en se traitant d'idiot. Puis il se rassura en se disant que Catherine lui avait souri et qu'il la verrait le lendemain. Il répéta sa leçon, lui aussi. *« À demain Lucien, à demain Lucien, à demain Lucien, à demain Lucien, à demain... »* Il la verrait demain mais après ? Lui il irait à Rennes à l'école de l'Industrie et du Commerce. Son oncle l'avait décidé. Quand la guerre serait finie, il partirait à la ville. Et elle, Catherine, où serait-elle ? Ils avaient tous des chemins tracés par leurs parents. Jean Paul et Jules travaillaient à la ferme, Éric à la boucherie et son père l'aurait mis à la charpente s'il avait survécu. Alors n'était-ce pas normal qu'il travaille aujourd'hui à l'épicerie-café puisque son oncle avait remplacé son père ? Et Jean serait médecin, c'était sûr et certain. Il ne parlait jamais d'une autre profession. Il ne prétendait pas qu'il voulait devenir avocat ou bien qu'il voulait travailler dans la banque, ou bien encore devenir ingénieur. Il disait juste deux choses qui finalement revenaient au même. Il ne serait pas médecin, ce qui embêterait bien son père ou bien il serait médecin, ce qui l'embêterait encore plus. C'était toujours la même rengaine avec Jean ! Mais comme il apportait un soin extrême à ses cahiers de sciences naturelles, Lucien le soupçonnait d'avoir une vraie vocation pour la médecine. Lui n'avait pas de goût vraiment prononcé pour une matière ou pour une autre même s'il aimait le calcul, la géographie et le dessin. Mais à quel métier cela menait-il ? Après tout, les additions épicières lui permettaient d'exercer son talent. Il enviait parfois Catherine, qui avait tout ce qu'il fallait pour réussir, du désir, de la volonté et une aptitude au travail et à la méthode hors du commun. Elle serait institutrice. Lucien ou pas Lucien ! Alors finis les baisers du dimanche contre les arbres de l'étang des Rochelettes, finis les enlacements qui les laissaient tous les deux haletants, au bord d'une autre étreinte, interdite et dangereuse, dans laquelle ils avaient pourtant une envie toujours plus forte de plonger. Catherine lui avait offert ses lèvres, puis ses seins. Il s'en délectait tous les dimanches. Ils étaient aussi doux qu'il l'avait imaginé. Ils se calaient parfaitement dans la paume de ses mains. Plus tard dans la saison de leurs amours, il s'était enhardi le long de ses jambes gainées de laine. Il avait touché le haut de sa cuisse, là où le bas s'accroche. Il avait eu le temps de sentir que sa peau était douce, chaude, un peu humide. Puis Catherine l'avait gentiment repoussé en disant *« il ne faut pas »,* sans être ni effrayée, ni scandalisée par ses hardiesses. Il ne fallait pas, c'était tout. Une autre fois, il avait guidé la main de la jeune femme sur le bas de son ventre. Elle l'avait lentement remontée vers son épaule et s'était blottie contre lui, ventre contre ventre, en chuchotant *« il ne faut pas ».* Mais elle avait respiré très fort et fermé les yeux.

Qu'est-ce qu'il avait à s'effrayer de l'avenir puisqu'il épouserait Catherine. Ne lui avait-elle pas prouvé maintes et maintes fois qu'elle l'aimait en retour. Elle pensait à lui et le lui disait simplement. Elle lui offrait chaque jour son calme, son sourire, ses regards aimants. Elle avait aussi des petites faiblesses de fille qui le ravissaient. Elle n'aimait pas les vers de terre, avait peur des chiens, des limaces, des souris et des araignées. Ce qui permettait à Lucien de lui offrir son courage et sa protection. Comment pouvait-il être désagréable avec un ange ? Il se traita encore une fois d'idiot. Catherine avait souri et lui avait dit au revoir. Au revoir ça voulait dire au revoir, pas adieu. Tout de même, elle ne l'avait pas embrassé. Il pesait encore le pour et le contre, le sourire et le baiser, quand Viviane et Marcel entrèrent par la porte du café.

Marcel était méconnaissable. Il avait le visage et les mains hâlés de crasse, une barbe immense qui recouvrait son cou. Son uniforme était maculé de toutes sortes de taches. Ses chaussures étaient boueuses. Seul son regard clair et franc était intact. Lucien s'accrocha aux yeux de Marcel pour supporter l'odeur fétide qui avait envahi le café.

- Lucien... Attrape !

Lucien rattrapa de justesse un paquet de tabac gris.

- Il faut que Marcel se lave avant d'aller chez lui. J'ai apporté le baquet dans la courette derrière le café, pour pas déranger ta tante, dit Viviane tout sourire.

Marcel caressa le cou de Viviane.

Au début de la guerre, la municipalité avait installé des pompes sur tous les puits du village, ce qui avait grandement facilité la collecte de l'eau. Viviane remplit des brocs et les apporta à Lucien qui les déversa dans une grande bassine posée sur le poêle du café.

- On devrait peut-être fermer, suggéra Lucien.

- Pas question ! Que dirait ton oncle ? protesta Viviane. Personne peut nous voir dans la cour. Tu vas pas te mettre à t'inquiéter, comme ton oncle.

Marcel était assis sur les marches de l'escalier et fumait une pipe. Quand le baquet fut rempli et à bonne température, il se déshabilla complètement. Lucien ne fut pas gêné par la vision du corps de Marcel. Il fut même plutôt satisfait de découvrir qu'il avait à peu près les mêmes organes, avec une pilosité juste un peu moins fournie. Il fut plus gêné par la bonne humeur et le naturel de Viviane qui n'avait l'air nullement dérangée par la nudité d'un homme. Elle mit un tablier et commença à le savonner dans le dos.

Lucien rentra dans le café et fit les comptes de l'épicerie. Il entendait les rires de Viviane, la voix grave de Marcel. Puis il écouta. Les silences, le bruit de l'eau dans le baquet, les soupirs, les chuchotements. Il savait qu'il n'y avait personne qui pouvait les surprendre. Il savait ce qu'il se passait dans la courette. Mais il alla quand même regarder par la petite fenêtre de la remise de l'épicerie. Il vit Marcel assis dans le baquet, les bras écartés, posés sur le bord et Viviane agenouillée sur le sol, derrière lui, penchée par dessus son épaule. Elle avait relevé ses manches le plus haut qu'elle avait pu. Marcel avait fermé les yeux, ses lèvres tremblaient. Il respirait par la bouche, aspirait l'air au rythme des gestes de Viviane. Puis il poussa un cri rauque mais retenu, qui détendit tout son corps. Viviane posa sa tête sur l'épaule de son homme. Marcel rouvrit les yeux.

Lucien détala et se remit à faire l'addition qu'il avait laissée en plan mais, troublé, il en perdit une nouvelle fois le fil. Dehors, le cours normal d'une conversation entre deux personnes reprit. Il entendit l'eau du baquet se répandre dans la cour, les cris de Viviane qui avait dû se mouiller les pieds et la voix désolée de Marcel qui s'excusait que l'eau fût si sale.

Marcel était redevenu un homme. Il avait coupé sa barbe, retaillé sa moustache. Il portait des vêtements propres que Viviane avait récupérés pour lui chez Mélanie.

- Allez ma petite femme, faut que je taille la route.

- L'oncle Constant a dit de vous donner cela, dit Lucien en tendant un panier de victuailles. C'est pour fêter votre retour avec votre famille et votre combat pour la France.

Le panier contenait tout ce que les fermiers n'achetaient jamais, des sardines, du café, des bonbons, une boîte de chocolat, une bouteille de vin fin. Marcel prit le panier en tremblant. Viviane regarda Marcel les yeux brillants de bonheur et de fierté. Pendant une fraction de seconde, Lucien se retrouva dans la maison de La Pardaille, petit garçon, sagement attablé devant un bol de lait, avec son père, en partance pour le travail et sa mère qui regardait son homme partir avec le même bonheur et la même fierté que Viviane, un sourire accroché au visage. Mais dès que Jean Fréreux passait la porte, le sourire se décrochait et son visage se fermait.

Et lui, quand Catherine était partie, qu'avait-il obtenu à cause de sa mauvaise humeur ? Il fallait absolument parler à Catherine. Il ne fallait pas qu'elle aille s'imaginer qu'il avait mauvais caractère. Il fallait lui dire pour les monstres, pour les crises. Et s'il allait l'inquiéter à son tour, la dégoûter peut-être ? En révélant ses tourments, n'allait-il pas jeter directement Catherine dans les bras d'un autre ? Dans les bras de Jean, tiens, qui n'arrêtait pas d'interroger Coline quand il revenait pour les vacances. Elle l'avait raconté à Viviane qui l'avait répété à Lucien.

- Il voulait qu't'es son chagrin. Et maintenant le voilà qui veut ton amoureuse. Méfie-toi Lucien. J'te l'dis comme j'le pense. La laisse pas à d'autres ta Catherine.

Lucien proposa à Viviane de fermer l'épicerie-café pour qu'elle puisse accompagner Marcel un petit bout de chemin. Mais Marcel s'y opposa.

- Ton oncle et ta tante sont assez bons comme cela.

Viviane et Lucien regardèrent Marcel s'éloigner sur la route de la Bouexière et rentrèrent à la maison. Viviane passa la soirée à nettoyer l'uniforme de Marcel. Elle y adonna toutes ses forces. Elle le gratta, le brossa, le frotta, le battit tant et plus. Elle chauffa de l'eau dans laquelle elle jeta des feuilles de laurier et de sauge. Elle tint à bout de bras la capote et la culotte au-dessus des vapeurs qui se dégageaient de la bassine pour assainir le tissu et chasser ses mauvaises odeurs. Elle cousit dans la poche de la capote un petit bout de tissu sur lequel elle avait écrit un message demandant à Notre Dame de Bon Espérance de protéger et d'épargner son Marcel dans les combats. Lucien corrigea les fautes. Elle lava les molletières, les fit sécher près de la cuisinière. Elle fut un peu déçue de ne pouvoir faire briller le casque car on y avait apposé une peinture gris mat plus discrète que le vernis de l'acier. Lucien lui expliqua que c'était pour éviter que son Marcel ne devienne une cible trop facile pour les boches. Elle décrotta les brodequins et les cira avec du brillant rapide. Quand Marcel se présenta le surlendemain après le déjeuner, il découvrit, accroché dans l'appentis de la courette, un uniforme impeccable, qui sentait le laurier et la sauge. Il chercha à échapper à ses émotions dans des rires nerveux et des jurons d'étonnement et de plaisir. Il empoigna sa Viviane et enfouit sa tête et ses larmes dans son cou.

Lucien sentit que les yeux lui piquaient. Il partit ouvrir l'épicerie-café une heure plus tôt que d'habitude. Tante Félicité avait donné congé à Viviane pour l'après-midi. Le temps était doux et sec, comme la veille. Quelle chance ! Viviane et Marcel partirent se promener. Lucien pensa à eux tout l'après-midi. Il pensa à ce qu'ils étaient en train de faire, sur les routes de campagne, contre un arbre, dans un sous-bois, dans une grange isolée peut-être. Quand ils poussèrent la porte du café en fin d'après-midi, il était épuisé de désirs. Lucien servit un cruchon de cidre. Catherine arriva, dit bonjour, posa son cartable près du poêle puis elle passa derrière le bar. Elle resta à ses côtés, regarda les amoureux. Elle glissa sa main dans la main de Lucien qui frissonna de la plante des pieds jusqu'au sommet de son crâne.

Dix minutes après six heures, Jean poussa la porte du café.

- Bonsoir la compagnie.

Il dit cela d'un ton qu'il avait probablement voulu joyeux et naturel mais qui sonna tellement faux qu'il laissa sans voix la compagnie, ce qui mit Jean dans l'embarras. Il se tenait debout dans l'encadrement de la porte, une petite valise de cuir noir à la main. Il ressemblait trait pour trait, regard pour regard, à son père. Et sa moustache déjà bien fournie finissait de signer la ressemblance, même si ses cheveux plus noirs et sa peau plus mate donnaient à Jean l'illusion de ne pas être à l'image de son père. Il l'avait encore clamé haut et fort à Noël, niant l'évidence. Pourtant quand Viviane s'exclama « *on dirait lo doctour* », Jean sourit, visiblement flatté, ce qui le tira de son embarras. Il avança, referma la porte, posa sa valise. Il salua Viviane et Marcel d'un petit mouvement de buste et s'avança vers Lucien et Catherine, qui n'avaient pas bougé de derrière le bar. La sonnette de l'épicerie retentit.

- J'y vais dit Viviane. Tu viens Marcel ? Bien le bonjour à Coline, Jean.

Jean fronça les sourcils. Il ne ferait certainement pas le messager pour la bonne. Lucien n'était pas très à l'aise dans son tablier noir, brodé à son nom, qui protégeait une tenue pourtant identique à celle de Jean. Les deux garçons se serrèrent la main par-dessus le comptoir. Catherine s'avança vers Jean. Elle avait un air avenant, une figure joyeuse et simple.

- Tu viens pour les vacances de Pâques ? demanda-t-elle. Tu restes longtemps ?

Lucien sursauta. Pourquoi Catherine voulait-elle savoir ? Que lui importait ?

- Une semaine. Je dois réviser. Je passe mon baccalauréat au mois de Juin.

- Nous avons aussi une semaine de vacances à l'école supérieure.

- Tu veux entrer à l'école normale ?

- Je voulais mais je préfère travailler tout de suite. J'irai à la normale un peu plus tard. J'ai entendu dire qu'ils font des formations pour les suppléantes. Je pourrai étudier une année complémentaire si je veux. Mais avant je veux travailler.

Pourquoi n'avait-il pas eu la primeur de cette information ? « *Parce que tu l'as pas demandé. Idiot !* » se dit-il furieux. Jean s'anima.

- Tu devrais Catherine. La sœur d'un camarade de classe y étudie. Chaque élève a sa chambre et c'est paraît-il assez coquet. Ce qui contraste avec nos dortoirs qui sont épouvantables. Et surtout, j'ai vu le programme qui est drôlement poussé.

Catherine se redressa, toute fière et fit un petit geste imperceptible, sauf de Lucien, pour donner à sa robe un meilleur tombé.

- Qu'est-ce que tu croyais ? dit Lucien avec raideur.

Jean eut l'air étonné.

- Rien… juste que…

Jean regarda Catherine. Ses yeux noirs étaient caressants. Lucien savait exactement ce qu'il était en train de voir, un joli corps de femme qui se devinait aisément sous le tissu de coton. Une belle poitrine qui se soulevait un peu plus vite peut-être. Lucien brûlait de jalousie.

- Je suis désolé pour ton dortoir, Jean, dit Catherine doucement.

Et puis quoi encore ! « *Un dortoir n'a jamais tué un homme*, se dit Lucien, *surtout pas un bourgeois* ».

- Oui, mais l'année prochaine je serai externe. Mon père va me mettre chez une logeuse.

« Et tu y recevras Catherine qui fera son année à l'école normale ». Lucien imaginait déjà la scène et cela le rendait fou.

- Tu vas faire ta médecine par la suite ?

Ah non ! On n'allait pas faire conversation jusqu'à l'aube tout de même ! Catherine passait maintenant de la civilité à l'intérêt. Et puis, elle s'avançait trop vers Jean. Que faisait-il encore là, derrière le comptoir ? Il passa de l'autre côté.

- Le lycée est transformé en hôpital et les élèves qui préparent le bachot peuvent aller aider. Je me suis rendu compte que je n'ai pas peur des blessures, pas peur du sang. Ce que font les chirurgiens est incroyable tu sais.

« Pourquoi TU. Et moi je compte pour quoi ? »

- Il paraît qu'il y a beaucoup de progrès dans la médecine en ce moment.

Lucien trouva que Catherine pérorait.

- Tu ne peux pas imaginer… pour les blessures de la face par exemple…

- Oh ! Arrête. C'est horrible. Comment peux-tu supporter cela ?

Jean prit au moins 10 centimètres d'orgueil. Lucien décida qu'il en avait assez entendu des projets de Catherine, que Jean en avait assez dit de sa vie à lui, de sa vie extraordinaire qui allait le mener au chevet des malades, des désespérés, des fiévreux, des engrossées qu'il allait libérer, des blessés qu'il allait recoudre, des familles qu'il allait consoler.

- Je vais fermer ! dit-il

Jean lui lança un regard agacé.

- Tu veux que je t'aide ? demanda-t-il en voyant Lucien décrocher les lourds volets de bois

Lucien ne répondit pas. Jean n'avait aucune intention de s'abaisser à poser les volets d'un café de toute façon. Quand Lucien mit en place les barres de protection, cela fit un bruit sec, comme un coup de fusil. Il balaya d'un revers de main énergique la poussière qui s'était posée sur son gilet croisé. Il ôta son tablier.

- On pourra se voir ? demanda Jean d'un ton radouci.

- Tu ne dois pas réviser ?

- Si, mais pas tout le temps.

- Je te dirai, répondit Lucien. Tu peux sortir par l'épicerie.

Jean reprit sa valise.

- Catherine, bon courage pour ton brevet.

- Merci. Toi aussi Jean.

Jean serra la main de Catherine. Le contact de leurs deux mains fut pour Lucien une torture. Jean sortit. Lucien ferma la porte du café. Catherine rapporta quelques verres sales derrière le comptoir et le regarda, amusée. Puis elle ramassa ses affaires. Il ouvrit la porte coulissante. Marcel finissait de poser les volets de l'épicerie. Mais il s'y prenait mal et ne parvenait pas à enchâsser les barres de fer.

- Je vais le faire, dit Lucien

Il rectifia la position des volets et mit en place les barres de fer sans faire de bruit cette fois-ci.

- Si on rabotait un peu le volet sur le côté, ça irait tout seul, tu ne crois pas ? proposa Marcel.

- Ça marche très bien comme j'ai fait.

Marcel opina. Il endossa sa vareuse, mit un sac sur son dos, un autre en bandoulière. Sa gamelle et son casque, accrochés au bardas, cliquetaient comme les grelots d'un chien de chasse.

- Vous repartez déjà ? demanda Lucien en veillant à adoucir le ton de sa voix parce qu'il se rendait bien compte qu'il n'avait pas été très aimable.

- Dans les permissions, le plus long c'est le voyage. Allez Lucien, pourvu que cette guerre se termine car je n'aimerais pas que tu connaisses cet enfer.

Lucien pensa au contraire qu'il aimerait bien partir, là tout de suite, pour finir de devenir un homme, avec des hommes, sans les regards moqueurs de Catherine, de Viviane et de toutes les femmes du village qui s'amusaient des virilités en herbe des garçons du village.

- Faites bien attention à vous Marcel, dit Catherine.

- Et votre papa ?

- Il ferre les chevaux. Alors c'est moins dangereux.

- Tout le monde est utile, Catherine. Ce n'est pas le danger que nous courrons dans les tranchées qui nous fera gagner la guerre. En tous les cas, c'est ce qu'on finit par penser quand on reste là des jours et des nuits.

Marcel sourit tristement. Il tapota l'épaule de Lucien, salua Catherine, prit la main de Viviane. Ils partirent tous les deux à la gare, la tête rentrée dans les épaules, voûtés par la tristesse de se quitter.

Lucien finit de fermer l'épicerie. Catherine n'avait plus son air pensif. Lucien n'avait plus de mauvaise humeur. Ils étaient tous les deux lourds de désespérance et le temps, jusque-là si doux, si agréable, s'était mis brusquement au froid.

- Je te raccompagne.

Lucien et Catherine marchèrent lentement, silencieusement, l'un contre l'autre. Leurs mains se frôlaient. Jeanne était assise, comme chaque soir, très droite, silencieuse, sur le banc devant la maison, les yeux dans le vague. Jeanne avait rompu brutalement, sans explication, avec tous ses flirts épistolaires le jour même où elle avait classé ses lettres dans les boîtes pour les haricots. « *Cela ressemblait à un cimetière,* avait dit Catherine, *toutes ces boites alignées sur la table avec le nom écrit sur le rabat et l'année de départ de la correspondance.* » Catherine avait rangé les boites dans le grenier et avait répondu à tous les courriers qui arrivaient. Elle s'était faite prudemment passer pour un frère, pour couper court à toute prolongation du flirt et avait annoncé que Jeanne était rentrée dans les ordres. Certains poilus n'avaient pas voulu y croire et avaient continué à écrire quelques lettres auxquelles prudemment encore Catherine n'avait pas répondu. Le flot s'était peu à peu tari. Depuis,

Jeanne avait perdu toute envie de rire, d'imaginer ce qu'elle allait faire dans la journée, et puis le lendemain ou l'été prochain. Elle avait acquis les mêmes raideurs de corps que la petite Claire Briel, la même façon mécanique de vivre mais on ne sentait pas chez Jeanne les combats intérieurs que se livrait Claire et qui la maintenaient si intense, vivante et présente aux autres, malgré tout. Chez Jeanne, il y avait un grand vide dans lequel personne n'avait plus envie de se jeter. Germaine et Catherine, découragées, lassées, avaient fini par laisser Jeanne à ses silences et à l'emmener faire les courses ou les visites, sans rien lui demander, sans exiger d'elle autre chose que d'être là, de marcher toute seule, de se tenir droite et de les suivre quand elles avaient fini ce qu'elles avaient à faire. Jeanne était venue à l'église, à la mairie, à la sortie de l'école, à l'épicerie-café.

Le docteur Pierre avait parlé de crise de neurasthénie, qu'il ne fallait pas désespérer, qu'il n'y avait pas d'antécédents dans la famille et que le temps allait sûrement finir par arranger les humeurs de Jeanne. Tante Félicité avait rappelé à Lucien tous les livres qu'ils avaient lus ensemble, Eugénie Grandet, Madame Bovary, et même le père Goriot et tous leurs personnages qui, brisés par trop de douleurs, trop de malheurs, trop de déceptions finissent par se murer dans une vie sans relief, sans émotions, parfois sans mots comme Jeanne. Lucien n'avait pas très bien compris pourquoi ça se terminait comme cela pour ceux-là, alors que pour d'autres, comme Robinson Crusoé, le chemin, parcouru d'autant d'embûches, se pavait aussi de courage et d'optimisme.

- Jeanne, il est temps de rentrer.

- Il fait froid ce soir, dit-elle.

Jeanne se leva, poussa la porte de la maison et s'enfonça dans le long couloir qui menait à une entrée puis à une grande cuisine dans laquelle la famille Héry prenait les repas. Jeanne progressait lentement vers la lumière, ce qui inspira à Lucien quelque parole de réconfort.

- Elle ira mieux. Ne t'inquiète pas.

Lucien regarda à droite, à gauche. La rue était déserte. Il posa un baiser sur le front de Catherine. Il n'avait plus son étau dans la tête.

- Je t'aime comme un fou.

Retrouvez

SANS HÉRITAGE

dans le troisième volume

Lucien, les secrets et l'amour

DRAMATIS PERSONAE

LES FAMILLES FREREUX ET MOINE (Rennes, Chateauville, La Pardaille)

Jules et Albertine Fréreux, les grands parents de Lucien, parents de Jean et Félicité, ruinés par le Canal du Panama, morts en 1896.

Jean Fréreux, fils de Jules et Albertine Fréreux, père officiel de Lucien, marié à **Antoinette Cadiot**, compagnon couvreur à La Pardaille en Lot et Garonne. Morts tous les deux dans un accident de voiture en 1913.

Félicité Moine, fille de Jean et Albertine Fréreux, sœur de Jean, mariée à Constant Moine, mère biologique de Lucien, artiste peintre.

Constant Moine, marié à Félicité, oncle de Lucien, épicier-cafetier à Chateauville en Ille et Vilaine.

Lucien Fréreux puis Moine, fils officiel de Jean et Antoinette Fréreux, fils naturel de Félicité et d'Yves Raversi, professeur à l'académie de peinture de Rennes, fils adoptif de Constant et Félicité Moine.

Viviane, la bonne de Félicité et Constant Moine, fiancée à **Marcel.**

Joseph, le garçon du café.

Madame Laperche, la couturière.

LA FAMILLE HERY (Chateauville)

Théophile Héry, marié à Germaine Héry, père de Jeanne et Catherine, maréchal ferrant.

Germaine Héry, mariée à Théophile Héry, mère de Jeanne et Catherine.

Jeanne Durand, fille aînée de Théophile et de Germaine Héry, mariée à Romain Durand.

Catherine Héry, fille cadette de Théophile et de Germaine Héry, écolière.

LA FAMILLE SANGUY (Chateauville, Rennes)

André Sanguy, marié à Fernande Sanguy, père de Marianne et d'Éric Sanguy, boucher.

Fernande Sanguy, mariée à André Sanguy, mère de Marianne et d'Éric Sanguy.

Marianne Sanguy, fille aînée d'André et Fernande Sanguy.

Éric Sanguy, fils d'André et Fernande Sanguy, camarade de Lucien Moine.

LA FAMILLE PIERRE (Chateauville)

Le docteur Pierre, veuf, père de Jean, médecin.

Jean Pierre, fils du docteur Pierre, camarade de Lucien.

Coline, la bonne.

Maximilien, le majordome

LA FAMILLE BARON (Rennes)

Isidore Baron, veuf de **Madeleine Baron**, tuteur de Félicité Fréreux, grossiste, Président de l'Union du Commerce.

LES AUTRES PERSONNAGES

À La Pardaille

Monsieur Demangie, le maire et Madame.

Monsieur Lelabourier, l'instituteur.

À Chateauville

Jean Paul Hureau, Hector, Jules, écoliers, camarades de Lucien

Monsieur Barthélémy, instituteur.

Monsieur Corentin, instituteur.

Monsieur Papou, instituteur.

Monsieur Grandet, instituteur.

Geneviève Briel, mariée à Charles Briel, mère de Claire Briel, bijoutière.

Printed by Amazon Italia Logistica S.r.l.
Torrazza Piemonte (TO), Italy

36518952R00098